ÉLAGUÉ E.S.H.G.

POUVOIR DE PERSUASION

BUFFY CONTRE LES VAMPIRES
AU FLEUVE NOIR

ELIZABETH MASSIE

POUVOIR DE
PERSUASION

D'après la série télévisée créée par Joss Whedon.

FLEUVE NOIR

Titre original :
Power of Persuasion

Traduit de l'américain par
Grégoire Dannereau

Collection dirigée par
Patrice Duvic

ISBN : 2-265-07063-7

PROLOGUE

Le hachoir dégoulinant de sang resta un instant suspendu dans les airs avant de retomber, mordant les chairs puis le bois. Une fois dégagé, il s'éleva de nouveau. Une pause, et il s'abattit encore. Des morceaux de peau et des éclats d'os fusèrent.

L'homme s'essuya le front du revers de la main, serra les dents et frappa une ultime fois.

— Papa, soupira la jeune fille brune qui se tenait dos au frigo, les bras croisés, tu aurais mieux fait d'acheter un poulet en morceaux…

— Je me débrouille bien, dit M. Gianakous.

Il coupa une aile et envoya la moitié du volatile… voler sur le comptoir.

Dans la cuisine rutilante du futur restaurant, tout prouvait l'incompétence de M. Gianakous en matière de gastronomie : les morceaux de poulet épars, la casserole de sauce brûlée, une boule de grumeaux de farine censée se transformer en *pita*…

— « Bien » n'est pas le terme que j'emploierais, dit Allison Gianakous. Nous devrions peut-être engager un cuisinier ? S'il te plaît !

— Je sais cuisiner !

M. Gianakous se tourna vers sa fille avec un sourire

plein de bonhomie. Il arborait un crâne dégarni, un double menton, et portait la moustache. Un mois plus tôt, il était courtier en assurances, et à présent, le propriétaire – et cuisinier – du premier restaurant grec de Sunnydale.

— J'ai vu en rêve que c'était ma vocation. *Le Grec Hilare* sera célèbre, ma fille. N'encombre pas ta jolie petite tête d'inquiétudes inutiles…

— Papa, je ne suis ni jolie, ni petite. J'aimerais que tu arrêtes de dire ça.

— J'ai reçu en héritage les talents culinaires de mes ancêtres grecs, dit M. Gianakous en transformant le cou du poulet en immonde bouillie. Et tu tiens ta beauté de ta mère, Dieu ait son âme.

— Si nous engagions quelqu'un ayant, disons, plus… d'expérience ? proposa Allison. Pour nous donner un coup de main. Nous pourrions demander à Alexis de venir après ses cours à Crestwood. Il réussit bien le caviar d'aubergine…

Le regard réprobateur que M. Gianakous lança à sa fille fit comprendre à celle-ci qu'elle avait dépassé les bornes. Sans être un mauvais père, Radello Gianakous se montrait très autoritaire. En seize ans, Allison n'avait jamais eu le courage de s'opposer à lui.

— Alexis n'a pas à gaspiller son temps libre avec nous. Il est à l'université, à présent. Il doit faire la fête, s'amuser, impressionner les filles. C'est aussi important pour l'éducation d'un homme que de passer des heures le nez dans des bouquins.

— Mais, papa…

— Pas de mais ! (M. Gianakous sourit et posa sa main pleine de sang sur les cheveux d'Allison.) Tu m'aides déjà beaucoup. Nous allons faire du *Grec*

Hilare un restaurant que Sunnydale n'oubliera pas de sitôt !

— Oh, ça, c'est sûr, dit Allison. On ne l'oubliera jamais. Jamais…

M. Gianakous se concentra sur sa tâche. Il tortura encore le poulet, puis jeta les morceaux dans un grand plat. Il régla le four sur deux cent trente degrés, sans se soucier de la température et du temps de cuisson indiqués sur la recette.

— Je vais peindre l'enseigne, murmura Allison en se dirigeant vers le couloir.

Elle ferma la lourde porte, tira la chaînette pour allumer l'ampoule nue du plafond qui oscilla doucement. La lumière crue éclairait les boîtes, les bocaux, les pots d'épices et les toiles d'araignées. Une planche découpée représentait une silhouette tenant un plat. Radello l'avait commandée à l'atelier du lycée de Sunnydale, au grand dam d'Allison. Elle devait y peindre Zeus présentant un plat de calamars, puis suspendre le tout à l'entrée du restaurant pour que les passants ne nourrissent aucun doute : l'établissement servait de l'authentique cuisine grecque !

— Cet homme est incroyable ! s'exclama Allison. Il a un rêve, devenir cuisinier… et il y croit. Il achète une vieille baraque pourrie pour la transformer en restaurant, et il a probablement dépensé pour cela l'argent épargné pour que j'aille à l'Université… Et qu'est-ce que je fais, moi ? Rien, comme d'habitude. Il a le rêve. J'ai le cauchemar.

Elle s'approcha de la fenêtre et remonta le rideau. Dehors, le soleil brillait. La vitre donnait sur une impasse, et à condition de se tordre le cou, Allison apercevait la rue sur sa gauche. L'après-midi du mercredi touchait à sa fin et les habitants de Sunnydale vaquaient à leurs occupations habituelles. La circulation était fluide. Sur le trottoir d'en face, un couple s'attardait devant la vitrine de la boutique d'antiquités irlandaises *Erin*. Des élèves du lycée de Sunnydale se préparaient à investir le centre commercial. Parmi eux, Allison remarqua Ben Rothman et Sanford Jennings, deux garçons pas mal foutus de l'équipe de lutte. Derrière, il y avait une bande de filles conduites par Cordélia Chase, tirée à quatre épingles, comme d'habitude.

Cordélia n'adressait jamais la parole à Allison. Elle ne la voyait même pas.

D'autres groupes suivaient à distance. Allison reconnut Buffy Summers, Alex Harris et Willow Rosenberg. Ils parlaient tranquillement, ignorant qu'une de leurs camarades de classe était obligée de passer son temps libre dans un petit restaurant enfumé avec un père qui n'avait jamais su cuisiner de sa vie.

— Ce n'est pas juste, gémit Allison.

Elle serra les poings. Sa mère était morte quand elle avait trois ans. Depuis, Radello Gianakous dirigeait la famille de la façon qui lui semblait juste. En clair, son frère et son père pouvaient faire ce qu'ils voulaient…

Et pas elle.

Radello avait été propriétaire d'un bazar, d'une boutique de golf, il avait été courtier en assurances… Et maintenant, il s'offrait cette nouvelle folie. Alexis, le frère d'Allison, faisait du sport. Il allait au cinéma et avait le droit de sortir toute la nuit quand bon lui semblait – même quand il était au lycée…

Il n'en allait pas de même pour Allison. Elle devait revenir à la maison après les cours. Ses seules visites au centre commercial, elle les effectuait avec son père. Elle n'allait jamais en boîte, ni au cinéma et ne participait à aucune fête. Pas étonnant qu'elle n'ait aucun ami.

Radello portait encore le deuil de sa femme ; Allison savait qu'il voulait la protéger, mais il n'avait pas le droit de la faire souffrir. Quand pourrait-elle être libre d'agir à sa guise ? Parfois, elle avait l'impression qu'on la frappait à coups de marteau et qu'on l'enfonçait dans le sol.

Un jour, elle disparaîtrait.

— Il doit y avoir un moyen de m'en sortir ! gémit-elle. J'ai besoin d'aide !

Elle entendait son père chantonner dans l'autre pièce. Lui était heureux, cela ne faisait aucun doute…

Allison se leva et jeta un regard morne à la silhouette du Zeus aux calamars avant de consulter le dictionnaire anglais-grec/grec-anglais qui traînait à côté. Elle l'avait acheté au cas où un client parlerait grec, mais son père l'avait rangé dans la réserve. La jeune fille avait alors compris que Radello, même s'il connaissait quelques mots de grec, ne saurait pas plus le lire que s'envoler pour la lune.

Ou cuisiner.

Elle ouvrit le dictionnaire pour chercher « aider, appeler de l'aide ». Le mot grec était « ζητ-βοηθεια ». Elle prit un carnet de commande et l'écrivit sur la première page. Puis elle regarda à « déesse », mais ne trouva que « dieu ».

— Ça m'étonne à peine…

Elle lut les mots correspondant à « féminin » et « esprit », et les recopia à côté de son appel à l'aide.

« ζητ-βοηθεια πνευμα θηλμχσδ. »

— Aide-moi, déesse…

Ça semblait ridicule. Les Olympiens, divinités qu'elle peignait sur les murs de la grande salle, n'existaient pas.

N'est-ce pas ?

Allison secoua une nappe blanche et s'en drapa comme d'une toge. Elle composa un cercle avec des boîtes d'olives, des pots d'ail en poudre et des feuilles de figues séchées. Campée au centre, elle brandit le morceau de papier au-dessus de sa tête.

— Viens à mon secours, déesse ! N'importe quelle déesse, je m'en moque…

Elle commença à rire… puis s'arrêta.

Après tout, elle avait du sang grec dans les veines. Ses ancêtres avaient adoré les divinités pendant des siècles. Pourquoi ne les prendrait-elle pas au sérieux ? Ça valait le coup d'essayer. Et si ça ne marchait pas, personne ne saurait qu'elle s'était ridiculisée.

Que risquait-elle ? Allison baissa la tête et ferma les yeux.

— Aide-moi, déesse.

Aide-moi, aide-moi, aide-moi !

Elle tendit l'oreille. Dans la cuisine, son père faisait valser les plats…

Aide-moi, aide-moi, aide-moi !

Alors, il se passa quelque chose. Allison sentit la caresse d'un courant d'air lourd de parfum de rose. Le papier trembla dans sa main.

Ce fut tout.

Pas d'apparition ni de forme spectrale portant une couronne de laurier.

Elle attendit encore.

Rien.

Peut-être n'y avait-il même pas eu de courant d'air ?

— Déesse ? murmura-t-elle, se sentant stupide.

Mais seule la voix de son père résonna, qui appelait à l'aide après avoir renversé un plateau de pâtisseries.

Allison retira la nappe, rangea les boîtes de conserve et se précipita vers la cuisine.

CHAPITRE PREMIER

La nuit sentait la mort ; les feuilles pourries, le fumier, les petites créatures qui avaient traversé la route pour finir en bouillie sur le bas-côté remplissaient l'atmosphère de miasmes fétides. Des flaques d'eau reflétaient la lueur argentée de la lune. Un vent glacial soufflait.

Brian Andrews était seul sur la route, dans les ténèbres, les mains fourrées dans les manches de son blouson… Furieux contre ses amis qui l'avaient viré de la voiture, dix minutes plus tôt ! Et pourtant, il avait raison, la bagnole sentait le fauve. Ils avaient stoppé net, ouvert la porte et poussé Brian dehors, lui souhaitant bonne chance pour se faire transporter dans de meilleures conditions.

Il avait vu les feux arrière disparaître, avalés par l'obscurité.

De dépit, Brian avait ramassé une poignée de graviers et l'avait lancée vers le véhicule, sans l'atteindre.

Il s'était retrouvé seul dans la nuit.

— Espèces de crétins ! cria-t-il à tue-tête. Essayez de revenir me chercher et je vous le ferai regretter ! Je vous montrerai ce que je pense de votre attitude ! En plus, vous jouez comme des tapettes !

Brian remonta son col et regarda autour de lui.

Aucun moyen de retourner à Sunnydale. Il n'avait jamais marché de sa vie – du moins pour aller quelque part. Il prenait sa voiture, ou il se faisait transporter. Seuls les nuls se déplaçaient à pied. Sa bagnole se trouvait au garage, mais ses amis – les crétins qui étaient encore ses copains quelques minutes plus tôt – avaient les leurs.

Et maintenant ?

Tant pis. Il préférait s'asseoir sur le bord de la route et crever plutôt que de rentrer à Sunnydale à pinces ! Charlie et Greg passeraient le restant de leur vie à avoir des remords, sachant qu'il était mort par leur faute. Pas question de marcher ! Il y avait au moins trois kilomètres !

Comme si ses malheurs méritaient une intervention divine, une Coccinelle blanche apparut, étincelante sous la lune. Le véhicule s'arrêta et la vitre du conducteur s'abaissa, révélant une blonde d'une beauté incroyable, avec de grands yeux bleus et un sourire qui n'en finissait pas. Une bouffée de parfum flotta dans la brise.

— Bonsoir ! lança la divine apparition. Vous vous êtes perdu, je présume ?

— Hein ?

Elle fit signe à Brian d'approcher. Son vernis à ongles rose était assorti à son rouge à lèvres. Un bracelet brillait à son poignet. Un bijou incrusté de vrais diamants, semblait-il. La blonde sublime…

Brian s'imaginait déjà vingt minutes plus tard, sa bouche collée à la sienne, les mains courant le long de son corps…

— Je peux sûrement vous aider… Montez, je vous en prie.

Pas besoin d'insister !

Brian fit le tour de la voiture et s'installa, passant les bras derrière le dossier et posant les pieds sur le tableau de bord, pour qu'elle comprenne qu'il était du genre « cool ». La blonde ne fit aucun commentaire…

— Alors, où voulez-vous aller ? s'enquit-elle.

Brian haussa les épaules.

— N'importe. Où tu veux, beauté…

Il lui fit un clin d'œil, pour qu'elle sache qu'il était du genre confiant.

Qu'elle sent bon !

La fille rit doucement et lui effleura la joue.

Ça va bien se passer ! C'était la volonté des dieux que je me fasse éjecter par ces abrutis !

L'inconnue démarra et roula près d'un kilomètre sans parler. Brian ne lui fit pas d'avances trop hâtives. Il connaissait la chanson. S'il se montrait entreprenant, elle le jetterait dehors comme ses anciens potes.

— J'ai marqué vingt-huit points au cours de notre dernier match, dit-il pour amorcer la conversation.

Pas de réponse.

— Jolie voiture. Ne le prenez pas mal, mais la mienne est mieux. J'ai une Lexus.

Silence.

— Je fais de l'exercice. Je soulève de la fonte. Sans me vanter, je suis plutôt carré sous ces vêtements.

La fille se contenta de sourire.

— Quel est ton nom ? demanda-t-il.

— Qu'y a-t-il dans un nom ? répondit-elle sans quitter la route des yeux.

— Euh, je ne sais pas… Où est le lecteur de CD ?

— Eh bien, tu vois, je fais ma propre musique…

Elle tourna sur un petit chemin, se dirigea vers la berge d'un lac, puis coupa le moteur et les phares. Brian l'étudia. La jolie blonde regardait droit devant elle, ses doigts tapotant le volant. Le bracelet semblait éclairé par une lumière lointaine. Dehors, les roseaux se dressaient comme des sentinelles autour du lac, tremblant sous la brise. De petites créatures tapies dans les fourrés clignaient des yeux.

L'arrêt était le signal qu'attendait Brian. Mais la fille fut plus rapide. Elle se tourna vers lui, lui prit le visage entre ses mains et fit courir un ongle verni le long de son nez.

— Tu es un jeune homme impressionnant, souffla-t-elle, son haleine fraîche et odorante comme la devanture d'un fleuriste.

— Ouais ? Heu… ouais.

Cool !

Elle passa les doigts sur son visage, puis dans ses cheveux… Brian sourit. Elle se blottit contre lui et l'embrassa dans le cou.

Attends que j'en parle à Charlie et Greg. Ils s'en voudront de ne pas avoir sauté eux-mêmes de la voiture. Ces crétins ne…

La fille lui fredonna une douce mélodie à l'oreille. Brian n'avait jamais rien entendu de tel ; son esprit se vida aussi vite qu'un plateau de petits fours. Il repoussa la fille, secouant la tête pour s'éclaircir les idées, histoire de voir s'il ne faisait pas une overdose de hot-dogs au chili. Non : il n'était pas malade. Il était seulement… détendu.

Un peu désorienté, mais très calme.

C'est super. Je suis un étalon. Une sex-machine ! Et elle s'en est aperçue…

La blonde approcha sa bouche de l'oreille de Brian et recommença à fredonner. Les pensées du jeune homme s'évanouirent comme la fatigue dans un bain chaud. A leur place s'installa une sensation étrange, qui ressemblait à s'y méprendre au mal de mer. Des ongles creusaient de longues griffures brûlantes le long de son cou. Brian essaya de se dégager, sans y parvenir. Il tenta de parler, mais il en était incapable.

Quelque chose d'humide coulait sur ses épaules. Cela venait de ses oreilles. *Que se passe-t-il ?* Mais cette idée-là aussi s'évanouit.

La mélodie se fit plus forte dans sa tête, étrange et déconcertante. Etait-il en danger ?

On le traîna hors de la voiture, sa tête frottant contre les cailloux et les grandes herbes, et il fut jeté dans le lac.

Il s'enfonçait dans la vase et les algues, ne pouvant plus respirer… Il se *noyait*. L'eau âcre envahit sa bouche, le fit tousser et se débattre… Il ne se rappelait plus les mouvements de la nage.

Quand ses entrailles commencèrent à le brûler, quand ses poumons implosèrent et que ses dents déchiquetèrent sa langue, il l'entendit.

Sa voix lui parvint, au-delà de la surface verdâtre du lac.

— Bien le bonjour à Charon !

Le Grec Hilare était le restaurant le plus récent de la ville, et Buffy Summers aurait parié qu'il ne survivrait pas longtemps. L'inauguration était prévue pour le soir même ; le propriétaire offrait deux repas pour le prix d'un. Mais les habitants de Sunnydale avaient décidé d'ignorer l'invitation. Triste, mais guère surprenant. L'odeur qui s'échappait du local aurait fait fuir les plus braves…

L'année précédente, Alex Harris avait eu le béguin pour une ravissante élève grecque du programme d'échange. Depuis, il avait développé « une sensibilité particulière » pour les plats grecs. Il avait donc insisté pour aller soutenir le nouvel établissement.

— Il me suffit de m'asseoir et de sentir le parfum de l'huile d'olive pour me souvenir d'Héléna, dit-il quand Buffy, Willow et Oz hésitèrent devant l'entrée.

Au-dessus de leurs têtes oscillait la silhouette en bois d'un homme en tunique orange qui présentait un plat de... quelque chose. Son front était ceint d'une couronne de laurier et il souriait si largement que Buffy pensa tout de suite au Chat de Chester.

En plus taré !

— Je me demande qui est le peintre, avança Willow Rosenberg, qui ne pouvait se départir d'un éternel esprit positif. C'est assez expressif, non ? On dirait le type de la pizzeria, version flippant.

— Ouais, grommela Oz, son petit ami. Alors ? On fait quoi ?

— Ma mère cuisine, ce soir, répondit Alex. Ma *mère... cuisine. Bon.* Cet endroit doit forcément servir quelque chose de meilleur !

Buffy enfonça les mains dans les poches de son blouson, caressant les pieux qu'elle avait apportés au cas où. Parfois, face aux petits dilemmes quotidiens, elle oubliait un instant qu'elle était la Tueuse. La fille dont le destin consistait à éliminer les vampires... L'Elue chargée de protéger l'humanité des hordes de démons qui ne demandaient qu'à attaquer, de préférence après le petit déjeuner.

— Alex... soupira-t-elle. Respire ! Remplis-toi les poumons ! Tu sens quelque chose ? Ça pue ! Penses-tu honnêtement que manger ici puisse ne pas nuire gravement à la santé ?

— Nous sommes à Sunnydale, répondit le jeune homme en haussant les épaules. A toi de me le dire.

— Alex…

— Allons, pour me faire plaisir. Une bouffée de nostalgie, histoire de me rappeler les superbes jambes que j'admirais en classe de chimie… Au bureau d'à côté, son visage montrant tout le mépris qu'elle avait pour moi, mais néanmoins *à côté*… se tenait Héléna, aussi belle que la déesse Diane…

— Diane était une divinité romaine, pas grecque, rectifia Willow.

— Si tu veux… Bon, allons-y ! fit Alex en ouvrant la porte. Qui sait, l'odeur est peut-être déformée par un vortex dimensionnel très sunnydalien ? A table !

A l'intérieur, une simple salle à manger dont les murs peints évoquaient le Grand Athènes accueillait la clientèle. Le Parthénon avait été colorié par un daltonien… A côté, des athlètes nus couraient, sautaient et luttaient, dans des attitudes visant à éviter la fermeture de l'établissement pour attentat à la pudeur. La porte de la cuisine était entourée des dieux et des déesses trônant au sommet du mont Olympe.

Buffy, Oz, Alex et Willow s'immobilisèrent au milieu de la salle. Ils étaient les seuls clients. Personne d'autre. Pas même un serveur ou une serveuse…

— Salut ! appela Alex. Deux pour le prix d'un ! Nous sommes là !

— Alex, j'ai envie d'une pizza, gémit Oz. Et je répète dans deux heures.

— Nous avons décidé de choisir à tour de rôle nos sorties du vendredi soir… Eh bien, c'est mon tour.

— Un sale tour, commenta Buffy en retirant son blouson.

— Chuuuutt ! souffla Willow. Quelqu'un vient.

— Salut !

Une jeune fille sortit de la cuisine, portant un tablier

blanc sur une petite robe champêtre. Une couronne de laurier ornait sa queue-de-cheval. Buffy la reconnut tout de suite. Allison Gianakous, une lycéenne timide à qui elle ne connaissait pas d'amis.

— Enfin !… Je veux dire, bonsoir.

— Salut, Allison ! lança Buffy en se forçant à sourire. Un nouveau restaurant grec à Sunnydale ? C'est super.

— Le *seul* restaurant grec de Sunnydale, corrigea Allison en indiquant une table près des athlètes. Mon père pensait qu'il était temps que les Grecs se dévoilent. Culinairement, bien sûr.

— C'est sûr, il était temps, répéta Willow. Ça sent bon !

Buffy lui lança un regard désespéré, du genre : « Je ne peux pas croire que tu aies dit ça ».

— Nous sommes ouverts depuis une heure, dit Allison en désignant les tables libres. Je suis sûre que ça va se remplir. Vous le pensez aussi ?

— Certain, dit Alex.

— Sans aucun doute, renchérit Willow.

Oz se gratta la tête.

— Oh, mon Dieu, nous n'avons pas de chance ! gémit soudain Allison en se laissant tomber sur une chaise. C'était couru d'avance ! De qui nous moquons-nous ? Mon père ne sait pas cuisiner !

— C'est le cas de tous les parents, ou quoi ? commenta Alex.

Allison ôta sa couronne de laurier et se la passa autour du cou. Buffy crut un instant qu'elle allait se pendre à un portemanteau…

— Je suis sûr que ce n'est pas si grave. Tu veux que je tienne ta couronne avant que… ? Bon, tu veux que je te la tienne ?

— Ça craint vraiment ! gémit Allison. Mon père me tuerait s'il m'entendait, mais il suffit de renifler pour comprendre. Vous avez tous un rhume, ou quoi ?

— J'aime bien les nappes, continua Alex. Elles sont blanches, repassées, et tout… Comme dans un vrai restaurant.

Une grosse voix masculine retentit dans la pièce voisine.

— Allison ! Nous avons des clients ? Mets donc de la musique ! Propose-leur les spécialités ! Et n'oublie pas l'eau !

— Oui, papa !

La jeune fille se leva et tira des menus de la poche de son tablier. Elle leva les yeux vers Buffy.

— Nous vivons à Sunnydale depuis ma naissance : la seule nourriture grecque que nous ayons jamais mangée, ce sont des sandwiches. Et soudain, mon père décide de devenir cuisinier, et il me force à apprendre ma « culture »…

Alex frissonna.

— *Culture !*

M. Gianakous apparut.

— Allison ? Tu leur as proposé les spécialités ?

— Oui, monsieur, enfin… papa !

— Et l'eau. Où est l'eau ?

— Je vais la chercher ! lança la jeune fille pendant que son père se retirait dans la cuisine. Le restaurant, c'est déjà grave, mais le pire, c'est encore lui…

— Inutile de nous raconter, si ça te met mal à l'aise, dit Buffy.

Elle espérait ne pas en entendre plus… Sinon, la conversation allait vite devenir trop personnelle.

Mais Allison continua.

— Les hommes ! souffla-t-elle. Ils font toujours ce

qu'ils veulent. Mon grand-père. Mon frère. Mon père. J'en ai assez !

— Ce n'est plus comme avant, objecta Willow. Nous avons gagné l'égalité et je connais des filles qui peuvent botter le… Qui sont, comment dire, fortes et tout.

Allison n'avait rien écouté…

— Papa ne me considère pas comme un être humain ! Je ne suis qu'une fille ! Il est de la vieille école et je ne le supporte plus ! Il veut que je fasse tout ce qu'il demande et il croit que je n'ai aucun désir. J'en ai assez de me faire exploiter ! Je vais prouver que je suis une vraie femme, une femme forte, vous serez surpris !

— D'accord ! répondirent à l'unisson Buffy, Willow, Oz et Alex.

— Bien, conclut Allison en essayant de sourire. Comme spécialités, nous avons le *saganaki*, du fromage frit ; le *plaki*, du poisson à l'ail. Et la *pastitio*, une variante des lasagnes. Vous avez aussi de la *melitzanosalata* avec du caviar d'aubergine. Et des biscuits. Papa n'a pas réussi à faire lever la pita.

Les amis quittèrent *Le Grec Hilare* deux heures plus tard, avec des sacs contenant le plus gros de leur menu. Les lumières des réverbères éclairaient les rues plongées dans l'obscurité.

Oz jeta son sac dans la première poubelle venue.

— C'est stupéfiant, dit Alex. M. Gianakous et ma mère pourraient faire un concours gastronomique : celui du pire cuisinier… Des deux, j'ignore encore qui remporterait la palme !

Willow regarda son sac, puis le jeta.

— Tant d'efforts pour si peu de résultats…

— Et M. Gianakous pense à agrandir son établissement ! ajouta Alex, horrifié. Vous avez entendu ? Il veut transformer la salle de banquet en piste de danse pour concurrencer le *Bronze* ! Il rêve.

— Pauvre Allison ! soupira Buffy en envoyant son sac de *plaki* dans la poubelle.

Elle enfila son blouson. L'air s'était rafraîchi depuis le coucher du soleil.

— Son père n'a pas arrêté de lui donner des ordres, comme si elle était débile… Ça m'aurait rendue folle.

— Alex, grogna Oz, j'espère que tu mesures ce que nous avons fait pour toi ce soir.

— Vous me le rappellerez jusqu'à ma mort, c'est ça ? Vous l'ajouterez à vos blagues spéciales Alex, avec la Mante religieuse et le vieillissement accéléré…

Willow et Oz dirent au revoir à Buffy et à Alex puis montèrent dans le van du garçon. Oz était le guitariste des Dingoes Ate My Baby. Il n'aimait pas les études, même s'il s'y montrait brillant. Mais pour les répétitions, il n'était jamais en retard.

Et il était doué.

Au moins, il a le choix, pensa Buffy. *Il n'a pas à risquer sa vie chaque jour pour sauver son entourage, à moins que les gens ne commencent à tomber comme des mouches s'ils n'ont pas leur solo quotidien.*

— Hé ! lança Alex.

Ouais, songea Buffy en regardant le van disparaître. *Oz se transforme en loup-garou à chaque pleine lune, mais les filles ont aussi leurs mauvais jours dans le mois… De temps en temps, j'échangerais bien mes pieux contre des crocs !*

— Buffy, tu veux aller au *Bronze* ?

— Non, merci, j'ai eu ma dose pour ce soir.

— Tu ne veux pas venir danser avec moi ? s'étonna Alex. Tu sais comment je bouge !

— Tu es un pro… mais, non merci. Et puis je dois aller en patrouille.

Alex partit, serrant son sac contre sa poitrine comme s'il pouvait transformer son contenu par la magie.

Buffy jeta un regard au *Grec Hilare* et vit Allison à la fenêtre. Son visage était déformé par la vitre, mais la Tueuse savait qu'elle ne souriait pas. Elle avait dû voir les sacs voler dans les poubelles…

Buffy lui adressa un petit signe amical, puis tourna vers le nord, dans une ruelle sombre. C'était un raccourci pour rentrer chez elle, même si ça augmentait la possibilité d'une mauvaise rencontre. Comme tant d'autres créatures maléfiques, les vampires adoraient Sunnydale. La petite ville de Californie du Sud représentait un vortex de saloperies surnaturelles.

Et les ombres des ruelles constituaient les repaires favoris des démons.

Je n'ai pas patrouillé, pensa la Tueuse. *Et j'ai besoin de raconter quelque chose dans mon rapport demain. Autant commencer…*

Au milieu de la ruelle, Buffy vit deux silhouettes sombres avancer dans sa direction. Elle se dissimula derrière des piles de cartons et sortit ses deux pieux. Elle n'avait pas peur. Deux vampires et deux pieux, quoi de plus parfait ? Deux coups dans le cœur et elle serait de retour à temps pour les rediffusions de *Star Trek*.

Ses nerfs étaient d'acier, comme ses muscles. Son Observateur l'avait bien entraînée.

Elle bondit, les pieux levés, un cri de guerre dans la gorge.

Et s'arrêta net.

— *Oups !* fit-elle, penaude. Salut.

Rupert Giles, bibliothécaire du lycée de Sunnydale, se mit en position de combat, les mains tendues. La femme qui l'accompagnait en eut le souffle coupé. Ses grands yeux paraissaient très blancs dans les ténèbres.

— Buffy ! s'exclama Giles. A quoi devons-nous cet « accueil » nocturne ?

Non, ce n'était pas parfait du tout, pensa Buffy.

Giles était surtout son Observateur, responsable de l'entraînement et de l'éducation de la Tueuse. Nul ne connaissait sa véritable identité... A part l'Elue elle-même et un petit cercle d'intimes dont Alex, Willow, Oz et la beauté égoïste nommée Cordélia Chase.

La Tueuse allait éprouver quelque difficulté à justifier son attaque.

Elle dissimula les pieux dans ses poches. La compagne de Giles était très belle : grande, mince, une chevelure brune soigneusement coiffée.

Avait-elle vu les armes ?

— Giles, vous êtes la dernière personne que je m'attendais à croiser ici, dit Buffy tandis que l'Observateur rajustait ses lunettes. De nuit, dans ce quartier, dans une impasse...

— Pourtant, c'est bien moi, énonça Giles en lui jetant un de ces regards dont il avait le secret. Et toi, tu danses dans les ruelles ?

Il la couvrait. Il savait qu'elle était en patrouille, mais il ne pouvait pas en parler devant la beauté brune.

— Je... je vous ai confondu avec Alex. Vous ne connaissez pas Alex, dit-elle à l'inconnue, sinon, vous sauriez qu'il a besoin d'un choc de temps en temps pour le garder éveillé. J'étais en mission de réveil d'Alex, c'est ça ! Il n'est pas exactement frappé de narcolepsie, mais presque. Pire, en vérité...

— Monsieur Giles, coupa la femme d'un ton pincé, qui est cette charmante et énergique jeune personne ?

— Madame Moon, je vous présente Buffy Summers, une de nos meilleures élèves de dernière année. Buffy, voilà Mme Mo Moon, le nouveau superviseur des bibliothèques scolaires de Sunnydale. Elle m'a fait une visite-surprise après les heures de cours… Et quelle surprise ce fut, en effet ! Elle a suggéré que nous jetions un sérieux coup d'œil au contenu de notre bibliothèque. Mme Moon pense que nous devrions reconsidérer notre politique d'acquisition, particulièrement en ce qui concerne les volumes sur le surnaturel. Étonnant, non ? (Seule Buffy capta le sarcasme. Giles était un excellent comédien.) Je l'ai invitée à dîner au nouveau restaurant grec, où nous pourrons en débattre librement dans une atmosphère détendue. Bonne nourriture, délicieuses boissons…

— Vous allez au *Grec Hilare* ? demanda Buffy.

— Oui, répondit Giles. Pourquoi ?

La Tueuse aurait dû le prévenir, mais la jeune femme affichait un tel air de supériorité qu'un repas au *Grec Hilare* était peut-être ce qu'il fallait pour la calmer.

— Oh, fit Buffy en haussant les épaules, rien… Je serais curieuse d'avoir votre avis. Le restaurant vient d'ouvrir. Deux repas pour le prix d'un.

— C'est ce que j'ai entendu dire, fit Giles.

A son expression, Buffy comprit qu'elle devrait s'expliquer lundi. Pourquoi, malgré son entraînement de Tueuse, avait-elle été incapable de voir qu'il était un humain et pas un monstre ? Et pourquoi n'avait-elle pas prévenu Giles et sa compagne qu'ils allaient dans le restaurant de l'enfer ?

— Heureuse de vous avoir rencontrée, madame Moon, conclut Buffy. Amusez-vous bien.

La Tueuse partit au pas de course, les pieux cognant dans ses poches.

Je n'y crois pas ! Je n'ai pas fait assez attention... Incapable de reconnaître un ami !

Buffy s'immobilisa. Juché sur une pile de pneus, un chat gris l'observait.

J'en ai marre, j'aimerais bien être insouciante comme les jeunes de mon âge !

A cet instant, elle *les* sentit au plus profond de son être. Un frisson courut le long de sa colonne vertébrale, lui picota la peau des bras et accéléra les battements de son cœur.

Ils sont là.

Elle balaya la ruelle du regard. Quelques voitures y étaient garées, dont celle de Giles.

Buffy huma l'air, son sixième sens aux aguets.

Des vampires...

Elle tira les pieux de sa poche.

Allons, je n'ai pas toute la nuit, finissons-en !

La voiture la plus proche était une berline bleue. Les quatre portières s'ouvrirent simultanément et quatre jeunes femmes en sortirent. Visages déformés, yeux brillants dans la nuit, crocs acérés... Le look habituel des morts-vivants.

Deux d'entre elles avaient dû être de belles brunes de leur vivant. La troisième était albinos ; la quatrième une rouquine à taches de rousseur.

Quatre. Avec deux pieux, ce n'est pas terrible...

Buffy allait devoir faire preuve d'imagination. Pourquoi les vampires ne prenaient-ils jamais de repos ? Qu'ils restent un peu à la maison à se préparer un bon clafoutis au sang...

— La Tueuse ! siffla la rouquine.

— Gagné ! dit Buffy.

Elle lança un pieu. Une des brunes le reçut en pleine poitrine, s'écroula avec un grognement et se désintégra aussitôt.

— Chopez-la ! brailla la rouquine, toutes dents et griffes dehors.

Buffy bondit et fit rouler le second pieu entre ses doigts : un mouvement menaçant pour les vampires, rassurant pour elle.

— « Chopez-la » ? Ce ne devrait pas plutôt être : « Tuez-la » ?

— Ferme-la, Tueuse ! grogna la rouquine.

L'albinos regarda le tas de cendres qu'était devenue sa compagne.

— Attrapez-la avant qu'elle ne fasse plus de dégâts !

Les trois vampires foncèrent sur Buffy.

La Tueuse lança le pieu dans les airs, le rattrapa avec les dents tout en se retournant et en saisissant deux pneus… Déséquilibré, le chat qui trônait dessus fut transformé en boule de poils volante.

Buffy se mit en garde, un pneu dans chaque main.

Les vampires lorgnèrent ses nouvelles armes.

— Le caoutchouc ne nous tuera pas, annonça la rouquine.

Grands dieux, qu'elles sont bêtes ! pensa Buffy en tenant les pneus comme des cymbales géantes.

Tous ses muscles tendus, elle se sentait forte. Giles insistait pour qu'elle s'entraîne tous les jours. Grâce à son aide et à celle d'Angel, son petit ami vampire, elle avait acquis en arts martiaux des compétences qui lui avaient autant sauvé la vie que ses pieux.

Tuer ou être tuée. Ces poulettes doivent être nou-velles à ce jeu-là, si elles veulent me prendre en otage !

La rouquine cracha, dégageant une haleine plus fétide que la cuisine du *Grec Hilare*.

Puis les vampires bondirent.

Buffy sauta, levant les pneus et les abattant si vite que l'albinos et la brune n'eurent pas le temps de cligner des yeux. La rouquine réussit pourtant à lui porter un coup dans les côtes qui l'envoya s'effondrer sur le trottoir. Un des pneus atteignit sa cible, plaquant les bras de la brune le long de son corps. L'autre heurta l'albinos sur la tête, rebondit et roula dans la rue.

Buffy se releva, le pieu toujours coincé entre les dents. Elle pivota, expédia son talon dans la mâchoire de la rouquine et en profita pour plonger le pieu dans la poitrine de la brune qui se débattait dans son pneu. La vampire explosa ; le pneu resta en l'air une seconde avant de rebondir sur le trottoir.

Sans lâcher le pieu, Buffy se prépara à affronter la rouquine et l'albinos.

Deux adversaires et un pieu. Pas extraordinaire, mais jouable.

Les vampires attrapèrent la Tueuse par les bras et la poussèrent contre le mur. Buffy se baissa, déséquilibrant la rouquine, puis braqua le pieu sur le cœur de l'autre. L'albinos recula à temps.

Buffy se redressa et bondit, pieu pointé vers les deux buveuses de sang.

— Allez ! C'est l'heure de mourir !

Aucune des deux n'avança.

— Attends, dit la rouquine. Attends un peu…

— Oh, ta gueule, Viva ! grogna l'albinos.

— … qu'on t'attrape, espèce de petite garce ! Tu joueras selon nos règles, tu verras !

Buffy plongea, mais les deux vampires détalèrent.

— C'est quoi, votre problème, à part être mortes et moches ?

Aucune réponse.

Buffy se tourna vers le chat, encore tout ébouriffé.

— Elles ont bien dit *attraper* ? Elles auraient dû dire *tuer*. Ça n'a aucun sens. Et pour toi ?

Drapé dans sa dignité, le petit félin se contenta de se lécher une cuisse avant de s'éloigner.

CHAPITRE II

Un cadavre avait été repêché dans les eaux peu profondes du petit lac, au nord de la ville. Celui de Brian Andrews, un joueur de basket qui, au moment de son décès, n'avait pas de petite amie attitrée. Le rapport de police précisait que Brian, probablement sous l'emprise de quelque substance illicite, s'était aventuré dans l'eau, avait glissé et s'était noyé.

— Vous connaissiez bien Brian ? demanda Willow à Alex et à Buffy.

Dans la cafétéria du lycée, les élèves commentaient les dernières nouvelles. L'élection prochaine de la reine de la promo, l'arrivée de deux nouvelles filles qui venaient de s'inscrire, la mort de Brian Andrews…

Dans cet ordre !

— Il faisait partie de l'équipe de basket, c'est tout ce que je sais, dit Alex. Il était pas terrible.

— Voilà qui n'est pas très gentil, souffla Willow. Il est mort, tu sais.

— Etre mort n'en fait pas un meilleur joueur.

— Tu as sûrement raison.

Willow joua avec le bracelet que ses parents lui avaient offert pour Hanoukka : un beau bijou en or avec une aigue-marine.

Puis elle préleva un grain de raisin dans la grappe d'Alex.

— S'il avait fait partie de l'équipe de natation, il ne se serait pas noyé.

— Willow, on l'a retrouvé dans soixante centimètres d'eau, rappela Alex.

— C'est pire. Quelle honte de mourir dans soixante centimètres d'eau quand il y a un bon mètre quatre-vingts de profondeur juste à côté…

Buffy repoussa son plateau, laissant Alex se jeter sur ses chips.

— J'ai croisé Brian Andrews quand je suis arrivée à Sunnydale, dit-elle. Il était gentil, à l'époque. Je m'étais cognée et j'avais lâché mes livres de cours… Il m'a aidée à les ramasser. Je n'ai jamais oublié.

Il y eut un moment de silence. Puis Buffy baissa la voix.

— Bonne nouvelle : sa mort n'a rien de suspect. Il devait être stone. La police n'a pas mentionné de blessure bizarre.

— Juste quelques égratignures au cou, dit Alex. Un poisson a sûrement essayé de le boulotter.

Buffy compatissait au chagrin de la famille de Brian. Mais il ne s'agissait pas d'un décès qu'elle aurait pu empêcher. Certaines tragédies étaient naturelles.

Peut-être.

Elle revit en esprit Brian Andrews, plus jeune, plus mince, lui sourire maladroitement en ramassant ses manuels de géographie et d'algèbre dans le couloir du lycée.

— Salut !

Buffy se retourna. Allison Gianakous se tenait derrière elle, un sourire aux lèvres.

— Salut, Allison. Comment vas-tu ? Miss couronne de laurier, hein ?

— Ouais, fit Allison en s'asseyant à côté d'Alex.

Elle posa les coudes sur la table et prit un quartier de pomme sur le plateau. Il semblait clair qu'elle ne se trouvait pas là pour bavarder. Allison n'était pas une copine de Buffy. Pourtant, elle adoptait une attitude amicale.

Elle désirait quelque chose.

— Que veux-tu ? interrogea Alex.

Il n'était pas réputé pour sa finesse.

— En fait… j'espérais que vous pourriez m'aider.

— De quoi s'agit-il ? s'enquit Willow.

— Comment me décririez-vous ?

— Que veux-tu dire par « décrire » ? demanda Buffy.

— Si vous deviez expliquer à quelqu'un à quoi je ressemble, que diriez-vous ?

— Pourquoi, tu vas commettre un crime ? lança Alex. Tu veux prendre de l'avance et commencer le portrait-robot pour gagner du temps ?

— Allez, s'il vous plaît ! implora Allison.

— D'accord, dit Willow. Tu as des cheveux châtains, des yeux marron, pas de taches de rousseur. Heu…

— Dirais-tu que je suis jolie ?

Buffy ouvrit la bouche… et la referma. La conversation devenait aussi périlleuse qu'une promenade nocturne à Sunnydale. Et elle ne voulait pas blesser Allison.

— La beauté est dans l'œil de celui qui la regarde, éluda-t-elle.

— Non, vraiment… Diriez-vous que je suis jolie ?

Willow, Alex et Buffy dévisagèrent Allison.

— Bien sûr…

34

— Alors que ce n'est pas vrai ! coupa la jeune fille. Spontanément, vous ne me décririez pas comme jolie, plutôt comme…

— Grande ? proposa Buffy.

— Exactement. Et comment décririez-vous les joueurs de basket les plus talentueux ?

— Grands ! proposa Alex du ton triomphal d'un type qui vient de gagner à *Questions pour un champion*.

— Tout à fait, dit Allison. Vous voyez ?

Buffy fronça les sourcils.

— Pas vraiment…

— Mais si, insista Allison. Je veux montrer à mon père que je ne suis pas son esclave, et que je dois vivre ma vie.

— Comment ? demanda Buffy.

— Je vais essayer d'obtenir la place de Brian Andrews dans l'équipe de basket !

— Quoi ? Tu n'y penses pas ? s'exclamèrent en chœur Buffy, Willow et Alex.

— Pourquoi pas ? insista Allison, s'agrippant au bras de Buffy comme pour lui arracher son soutien.

— Oh, je ne sais pas, répondit la Tueuse, se dégageant en douceur. Peut-être parce que tu es une fille et que c'est l'équipe *masculine*.

— Vous ne voyez donc pas ? C'est tout le problème ! Qui a inventé le concept d'équipe féminine ou masculine ? Les hommes ! Je veux m'élever contre ça ! Il est temps que les filles du lycée de Sunnydale refusent de se laisser gouverner par des règles d'un autre âge.

— Je ne me suis jamais sentie limitée par des règles sexistes, avança Willow avec diplomatie. Du moins, je n'en ai pas l'impression.

— Tu dates un peu, Allison, fit Alex. Les femmes gouvernent à présent, regarde les actrices pornos. Tu sais combien elles se font ?…

Il s'arrêta net quand Buffy lui lança son regard appelé par les connaisseurs : « Continue et tu n'as plus de dents. »

Allison n'écoutait pas.

— J'ai entendu les deux nouvelles parler d'équipes mixtes, et ça m'a fait réfléchir… Pourquoi pas moi ? Alors j'ai demandé au proviseur Snyder si je pouvais me présenter.

— Et il a répondu… ? demanda Willow.

— Non, bien sûr, dit Allison.

— Dommage, fit Buffy en se levant. (Alex et Willow l'imitèrent.) Mais l'idée était bonne. On se voit plus tard. Les cours commencent dans cinq minutes.

— Attends, Buffy ! cria Allison. Si tu viens avec moi la prochaine fois, il dira peut-être oui… Plus nombreuses, nous serons plus fortes. Et s'il répond par la négative, il saura que nous avons une cause à défendre !

Buffy leva une main et se dirigea vers la porte de la cafétéria. Les autres élèves filaient dans la même direction.

— Allison, lança-t-elle par-dessus son épaule, je suis navrée, mais je ne veux pas de grande cause pour le moment. Tu trouveras sûrement quelqu'un d'autre pour cette histoire d'équipe mixte.

— Qui ?

— Je ne sais pas ; les deux nouvelles, peut-être ? Les nouveaux aiment toujours s'impliquer. (Elle marqua une pause.) Au début…

— Je ne les connais pas, dit Allison.

Buffy jeta un coup d'œil exaspéré à Willow qui lui

répondit d'un regard signifiant : « Nous avons traité Allison comme une amie, l'autre soir, au *Grec Hilare*. Doit-on la rejeter maintenant ? »

L'attention d'Alex était attirée par le balancement de la petite jupe sur les fesses d'une fille.

Dans le hall, le ballet des lycéens battait son plein. La plupart essayaient de ne pas se mêler à ceux qui n'étaient pas de leur caste ou de leur classe... A l'exception de certains membres des castes inférieures, qui percutaient volontairement ceux qui faisaient de leur mieux pour les ignorer.

Buffy tenta de semer Allison dans le couloir du bureau du proviseur, mais les jambes de la jeune fille étaient assez longues pour qu'elle la rattrape sans peine. La Tueuse décida de ne pas s'arrêter devant son casier, afin de ne pas lui laisser le temps de s'incruster et de recommencer à se plaindre.

Soudain, elle freina des quatre fers devant la porte de Snyder. Elle regarda son bras, puis la main d'Allison plaquée dessus, et se dégagea.

— Allison ! Arrête ! Je ne peux pas t'aider, d'accord ? M'impliquer dans cette histoire te fera sûrement plus de mal que de bien...

— D'accord. Je te laisse tranquille. *Après* avoir parlé au proviseur. Monsieur Snyder !

Celui-ci sortait justement, tenant par le col un élève. Il s'arrêta pour toiser Allison.

— Que voulez-vous ?

— Je suis ici avec un témoin, dit la jeune fille en croisant les bras.

Elle faisait près de dix centimètres de plus que Snyder, mais Buffy la voyait trembler.

— Buffy Summers pense comme moi que je devrais être autorisée à me présenter aux sélections de l'équipe de basket. Je vous le demande de nouveau, monsieur. Voulez-vous me laisser essayer d'obtenir la place de Brian Andrews ?

Snyder regarda tour à tour Allison et Buffy, puis de nouveau Allison. Son rictus se transforma en un sourire glacial.

— Buffy Summers est votre champion ? J'aurais choisi plus habilement, mademoiselle Gianakous. Buffy a déjà épuisé tout son crédit dans cet établissement... A présent, si vous voulez m'excuser, j'ai un artiste de la bombe aérosol à mettre en détention.

— Mais... commença Allison, réprimant ses larmes à grand-peine.

— Mais *non*, mademoiselle Gianakous ! cria le proviseur. Vous ne postulerez pas pour l'équipe masculine de basket. C'est une chose d'obtenir l'égalité, une autre de tirer à trois points !

Allison s'empourpra. Buffy soupira et lui posa la main sur l'épaule.

— Navrée. J'ai essayé de te dire que je n'étais pas exactement le chouchou du proviseur. Allons, ce n'est pas la fin du monde.

Allison serra les poings.

— Vraiment, Buffy ? Mais de quel monde parles-tu ?

Elle se fraya un chemin parmi les élèves, et ne disparut que lorsque des membres de l'équipe de basket s'interposèrent entre Buffy et elle.

Si la Tueuse n'avait pas encore rencontré les deux nouvelles élèves, Cordélia n'avait pas laissé passer l'occasion.

Le lundi avait été interminable. Tout ce que désirait Buffy, c'était rentrer chez elle, revoir son examen raté d'instruction civique, manger une barre de Granola et parcourir les nouvelles brochures des universités avant de partir en patrouille. Etonnant de voir à quel point les universités se disputaient sa présence dans leur sein... Et de noter que les lettres *personnalisées* qui accompagnaient les luxueuses documentations étaient adressées à Buffy Sommers, Buffy Simmers, Becky Summer, Biffy Summit, Buffet Sondheim et même Boffy Somac.

Buffy sortit du lycée sous le soleil de Sunnydale, chaussa ses lunettes et joua des épaules pour les détendre. Dans le parking, les voitures manœuvraient, rejoignant la circulation.

Campés devant le van, Oz et Willow bavardaient. Appuyé à la carrosserie, Alex lisait une bande dessinée.

Normalement, Buffy parlait un peu avec eux à la sortie. Mais ce jour-là, elle n'avait qu'une envie : dormir.

— Te voilà ! Tu étais invisible, aujourd'hui, ou quoi ?

Buffy avisa Cordélia Chase, un poing sur la hanche. C'était une belle fille... et une sacrée snob ! Elle faisait partie de l'élite du lycée, si le seul critère retenu était la mode. Ses vêtements étaient toujours immaculés, sa coiffure et son maquillage irréprochables.

Il fallait attendre qu'elle ouvre la bouche pour que son image de perfection s'écroule comme les murailles de Jéricho...

Plusieurs membres de sa bande l'accompagnaient, plus deux filles bien habillées que Buffy n'avait jamais vues.

— Cordélia, soupira la Tueuse, tu recherches ma compagnie ? Ça ne te ressemble pas.

— Oh, minauda Cordélia, mais au contraire… Je dois présenter nos nouvelles camarades, Polly et Calli Moon, à tous les élèves pour qu'elles sachent qui est qui. En cours élémentaire, nous avions visité les fosses à goudron de La Brea. Tu ne t'en souviens pas, tu étais dans une autre école… Le guide nous a montré où marcher pour ne pas tomber dans les fosses comme les gros mammifères laineux.

— Tu veux dire que je suis un gros mammifère laineux ?

Cordélia hésita.

— Quelque chose comme ça. Polly et Calli doivent apprendre où marcher… Je leur montre, puisqu'elles sont nouvelles.

— Super ! fit Buffy.

Elle jeta un regard distrait aux deux jeunes filles. Elles étaient presque jumelles et… oui, très belles, il fallait l'avouer, avec de longs cheveux blonds, des yeux verts et la peau laiteuse. Elles souriaient, paraissant inoffensives. Détail amusant : elles portaient toutes deux des boucles d'oreilles en rubis et des bracelets de diamants. Une famille riche ! Les seules fautes de goût qu'aurait pu leur reprocher Cordélia étaient leur parfum trop fort et leur attitude trop guindée. Elles avaient presque un côté vieux jeu, évoquant des temps révolus, quand les bonnes manières avaient encore droit de cité…

Cordélia continua son exposé : Calli et Polly étaient sœurs mais pas jumelles. Elles conduisaient des Coccinelle Volkswagen : Polly une blanche, Calli une jaune.

Comme Cordélia, les sœurs Moon comptaient se présenter au concours de Miss Lycée de Sunnydale, qui avait lieu à la fin du mois dans l'auditorium.

L'épreuve était sponsorisée par Wayland Software Entreprises, une entreprise de Los Angeles qui espérait construire une zone industrielle à Sunnydale.

— Cette élection ne ressemblera à aucune autre, assura Cordélia avec un sourire éloquent…

Elles peuvent toujours se présenter, je suis la meilleure…

Le but ne consistait pas à exhiber des jolies filles – même s'il n'y avait rien de mal à ça –, mais à montrer les talents de la jeune génération de Sunnydale.

— Comme toi, dit Buffy.

— Bien sûr, répondit Cordélia. Je suis un exemple idéal. Mais le premier prix n'est pas une minable bourse dont tout le monde se moque. Wayland Software Enterprises offre un voyage à Hawaii !

— Bien, fit Buffy. Tu nous manqueras quand tu navigueras dans les mers du Sud avec ta couronne… Mais nous survivrons.

Elle s'éloigna.

Cordélia grommela dans son dos : Mlle Chase n'aimait pas que les gens s'en aillent quand elle parlait encore…

Giles attendait dans le parking des professeurs, ses clés à la main, le regard fixe comme si un choc lui avait coupé le souffle.

Buffy courut vers lui.

— Giles, qu'y a-t-il ? Des vampires ? Des goules ? Des monstres marins ? Des fantômes ?

— Pire ! Le superviseur… (Giles regardait Buffy, les dents serrées.) Je ne devrais pas me plaindre de mon travail, même à toi, mais le comportement de cette femme est… surréaliste. Elle a passé en revue les livres de ma bibliothèque. Puis elle a insisté pour que nous nous alignions sur les autres lycées du secteur.

— Ce qui signifie ?

— Ce qui signifie, et je cite Mo Moon : « Acheter des œuvres sur la musique, la poésie et le théâtre, et se débarrasser de tout ce charabia sur le surnaturel. »

— Aïe… Attendez qu'elle tombe sur votre collection personnelle !

— En effet. Cette femme ne sait pas de quoi elle parle et je ne la laisserai pas faire. Elle m'a dit qu'elle était remplaçante pour cette année. Que je sois damné si un remplaçant met son nez dans des affaires auxquelles il ne comprend rien !

— Ouais, répondit Buffy. Je suis d'accord, à cent pour cent.

— Cette femme est étrange, ajouta Giles en secouant la tête. Je ne suivrai aucune de ses directives, au diable la hiérarchie !

— D'accord. Au fait, a-t-elle deux filles qui viennent de s'inscrire ici ? Calli et Polly Moon ?

— De jolies jeunes filles, oui. Brillantes, à ce que j'ai entendu dire. L'une est une chanteuse très douée et l'autre une poétesse d'exception. Je n'en sais pas plus.

— Moi non plus, dit Buffy. Et je n'en saurai probablement jamais plus, puisque la bande de Cordélia a décidé de les prendre sous son aile et que nos chemins se croisent rarement. Mais je peux peut-être vous aider à la bibliothèque ?

— Non, je dois juste m'éclaircir les idées et rassembler mes forces. Ce n'est pas un travail pour la Tueuse, c'est un job pour un…

— … Super-Observateur !

Giles soupira.

— Exact. Passe un bon après-midi. Ouvre l'œil. Sois prudente.

— Comptez sur moi.

42

Quand Giles monta dans sa voiture, Buffy s'avisa qu'elle avait oublié de l'avertir de l'attaque des vampires qui avaient voulu la capturer la veille. Le matin, elle n'avait pu lui communiquer les détails à cause de la présence de Mo Moon dans la bibliothèque. Mais Giles semblait très agacé…

Elle lui en parlerait à un autre moment.

De plus, je m'en suis bien sortie. Je doute que les vampires reviennent à la charge dans l'immédiat. Je suis venue, j'ai tué, j'ai vaincu.

Une affaire rondement menée.

— Buffy… !

La voix était faible, désespérée.

Buffy se retourna, le cœur battant…

Personne.

C'est mon imagination, sans doute. Une hallucination due aux fumées du Grec Hilare. *Je vais me reprendre.*

Mais elle fut soudain assaillie par la vision de Brian Andrews, noyé dans soixante centimètres d'eau…

Brian encore, l'aidant à ramasser ses livres… des années auparavant, essayant de faire bonne impression…

Elle secoua la tête pour chasser ces pensées… mais elle enverrait une carte de condoléances aux parents de Brian.

Il y avait mieux à grignoter à la maison que des barres de Granola : des muffins au citron. Joyce, la mère de la Tueuse, était rentrée plus tôt du travail et s'affairait dans la cuisine quand Buffy passa la porte. Une merveilleuse odeur de pâtisserie chaude l'accueillit.

— Maman, tu es là ?

43

— Il faut le voir pour le croire ! répondit une voix désincarnée, provenant de la cuisine.

Joyce était propriétaire d'une galerie d'art et Buffy restait souvent seule à la maison.

— J'ai décidé de me conduire en mère, aujourd'hui. Ça ne m'arrive pas si souvent.

Un plat de muffins refroidissait sur la table de la cuisine. Joyce en remplissait un deuxième avec une cuillère. Buffy laissa tomber son sac à dos sur une chaise et s'assit. Elle prit un muffin, le passant d'une main dans l'autre pour le faire refroidir. Une pile de courrier trônait près du plat ; les brochures des universités contrastaient avec les enveloppes blanches des factures.

— Maman, que se passe-t-il ? demanda enfin Buffy.

— Que veux-tu dire ?

— Je te connais, tu me connais, nous sommes une famille heureuse... Alors n'y passons pas des heures. C'est lundi, il est quatre heures et quart, et pourtant, tu es là...

Joyce mit le plat au four et s'essuya les mains sur son tablier, assez violemment pour le décrocher. Elle haussa les épaules, le jeta sur l'évier et s'installa à côté de sa fille.

— Oh, rien, dit-elle. Je voulais seulement passer un peu de temps avec toi. Quoi de neuf à l'école ? Rien d'excitant ?

A son tour, Buffy haussa les épaules.

— Deux nouvelles élèves, du type Cordélia. En plus, Allison Gianakous m'a adoptée comme meilleure amie... Avant d'essayer de postuler pour la place du mort dans l'équipe de basket.

— Je ne sais pas si c'est une bonne idée. Les garçons jouent plus durement que les filles. (Buffy leva un sourcil étonné.) Non ?

— Tu n'es pas allée voir un match de basket depuis longtemps, maman, que ce soit une équipe masculine ou féminine. Il n'y a plus beaucoup de différence. D'ailleurs, même si j'ai dit à Allison que ce n'était pas mon problème – et ça ne l'est pas –, je ne vois pas pourquoi le proviseur Snyder nous fait un drame. Si quelqu'un se montre assez bon, il devrait avoir le droit de postuler, quel que soit son sexe.

— Le chemin de l'égalité est long, dit Joyce. Et je suppose qu'il faudra toujours se battre.

— Pour sûr !

— Et en parlant d'activités féminines, il y a une élection de miss dans quelques semaines… Tu en as peut-être entendu parler.

Buffy frissonna.

Nous y voilà.

— Tu ne voudrais pas dire « Miss Lycée de Sunnydale », par hasard ?

— Oui, répondit Joyce. Un défilé de mode mère-fille sera organisé pendant l'entracte, présentant des femmes d'affaires et leurs filles, portant des vêtements de magasins indépendants de la ville. Le défilé sera donné au bénéfice de l'Association des petites entreprises de Sunnydale… Nous montrerons aux types de Wayland que nous les accueillons, mais que nous sommes présents et conscients de notre bon droit.

— C'est bien.

— Je voulais savoir si tu accepterais d'y participer avec moi ?

Buffy avala sa bouchée de muffin sans la mâcher. Cordélia et ses copines adoreraient la voir parader sur la piste avec sa mère. Elles en riraient à s'en décrocher les mâchoires.

Buffy reprit sa respiration et ramassa une miette de muffin.

— Bien sûr, maman, pourquoi pas ?

— Mais avant que tu dises oui, je voulais t'informer que ton père a appelé cet après-midi. Il a loué un chalet à la montagne le même week-end, et il espère que tu le rejoindras pour deux jours de randonnée.

— Oh…

Aïe !

— C'est toi qui décides, bien sûr. Je ne te mets pas la pression.

— Bien sûr que non !

Tu parles !

Buffy termina son muffin, prit son sac et monta dans sa chambre.

C'était son choix, mais elle décevrait un de ses parents.

Super !

Elle passa les heures suivantes à feuilleter les nouvelles brochures des universités, bien adressées à son nom, cette fois, à réviser son instruction civique et sa physique, puis à penser aux défilés de mode et aux chalets de montagne.

Un instant, elle se crut presque normale.

Le soleil se coucha. Elle alluma sa lampe de chevet.

Quelques minutes plus tard, Joyce l'appela pour dîner. Quand elle se leva, Buffy regarda par la fenêtre et vit deux vampires sur le trottoir. Les filles qu'elle avait combattues vendredi, après le repas au *Grec Hilare*…

Elles semblaient s'engueuler.

46

Buffy prit deux pieux, dévala l'escalier et sortit. Elle inspecta les alentours.

Les vampires avaient disparu. A quoi cela rimait-il ?

Elle rentra. Autant éliminer le mot « normal » de son vocabulaire. Il n'avait rien à y faire.

— Et il n'aura jamais rien à y faire, murmura-t-elle, d'un ton sinistre.

CHAPITRE III

— Je n'y crois pas ! Comme si nous n'avions pas assez de problèmes dans cette petite ville de malheur !

— Gémir n'arrangera pas les choses, Viva. Nous avons besoin d'un plan.

— Avant que nous ne mourions tous ! explosa Viva.

Certains vampires acquiescèrent en silence, les autres levant les yeux au ciel.

Leur Q.G. ? La cave d'un marchand de peluches en dépôt de bilan, dans les faubourgs de la ville, récemment investie par un groupe de vampires. Toutes des femmes. Elles l'avaient décorée à l'imitation du *Bronze* ; des planches posées les unes sur les autres représentaient la scène, une autre coiffait deux piles de parpaings pour simuler le bar. Les filles ne connaissaient pas de groupe de rock vampirique, et aucune d'entre elles ne chantait – elles avaient perdu ce talent en même temps que la chaleur corporelle, le souffle et l'envie de tacos. Une imposante radiocassette diffusait des CD de groupes obscurs comme *Worm Bait* ou *Bloody Bash*. Des guirlandes de Noël étaient accrochées au plafond comme autant de toiles d'araignées électriques et de petits animaux avaient été garrottés dans les câbles, leurs pattes et leurs queues pendant dans le vide.

Viva avait eu l'idée de cette cachette exclusivement féminine. Même s'il était difficile de se passer de compagnons mâles, elles la trouvaient... reposante.

Mais pas ce soir. Même avec beaucoup d'imagination.

Viva fit courir ses ongles sur un parpaing, projetant dans les airs des étincelles bleues..

— Le temps de l'Olympienne est révolu depuis longtemps, grogna-t-elle. Elle devrait savoir qu'elle n'a rien à faire ici avec ses deux gamines ! Mais la voilà qui essaie d'exercer de nouveau son pouvoir. Notre réserve d'humains va encore être souillée ! En plus, c'est une égocentrique forcenée !

Becky, une vampire albinos très populaire à la radio dans les années trente, marchait de long en large, ses yeux jaunes brillant de rage.

— Que faire ? Nous ne pouvons pas les tuer ! Nous ne savons pas comment !

— C'est vrai, admit Viva. Nous avons besoin de la Tueuse, et...

— Ferme-la, Viva ! lança Barb, une ex-serveuse des années cinquante. Nous n'allons pas capturer la Tueuse. Vous avez essayé vendredi soir et où cela vous a-t-il menées ? Deux tas de poussière en guise de copines... Nous nous débarrasserons par nos propres moyens de l'Olympienne et de ses deux filles. Restez vigilantes quand elles sortent la nuit.

— Non, non, non ! s'emporta Viva. Vous ne me comprenez pas ! Non seulement elles empoisonnent notre troupeau, mais elles sont hautement toxiques pour nous. Nous avons besoin de la Tueuse ! Elle a éliminé beaucoup de démons. C'est notre seule chance...

— Je ne crois pas à ces âneries, coupa Nadine, la plus ancienne du lot, vampirisée avant la guerre de

Sécession, en 1854. Viva, tu es une grande gueule et tu n'arrêtes pas de mentir. Ma mère était une riche héritière, mon père un duc, et je serais devenue une danseuse célèbre si j'étais restée humaine. Arrête de délirer !

— Ce n'est pas du délire ! répliqua Viva. Je connais les Olympiennes. Je les ai côtoyées, je mesure le danger qu'elles représentent. Si nous nous mettons à dix pour capturer la Tueuse et l'amener ici, après une heure de travail au corps, elle fera ce que nous lui demanderons. Quand les Olympiennes seront parties, nous n'aurons qu'à l'achever.

— Capturer la Tueuse est plus difficile encore que la tuer ! dit Nadine. Et comment comptes-tu trouver dix vampires qui te croiront ?

Elle s'appuya au comptoir. Les autres croisèrent les bras.

— Nadine a peut-être raison, admit Becky. La Tueuse est trop dangereuse. Nous devons agir seules.

Viva se tourna vers Becky.

— Nous allons mourir de faim !

Becky la gifla.

— Nous trouverons une solution ! cria-t-elle.

— Non !

— Si !

— On dirait des humains ! s'emporta Barb. Fermez-la, je ne peux pas me concentrer quand j'ai l'estomac vide. Nous réfléchirons mieux après avoir mangé, d'accord ?

Viva et Becky grognèrent.

— Ça me paraît un bon plan, dit Nadine.

— D'accord ? demanda Barb.

Les autres hochèrent la tête.

Barb sauta derrière le comptoir et ouvrit une grande

caisse de bois. Elle en sortit un vieil homme récupéré sur la plage. Le malheureux était bâillonné, pieds et poings liés.

Les vampires s'approchèrent, se frottant les mains.

— Excellent, conclut Barb. Vous préférez votre cappuccino chaud ou glacé ?

Sous son bâillon, l'homme poussa un cri étranglé.

— Alors, que choisiriez-vous ? demanda Buffy. (Assis sur le banc, à l'extérieur du lycée, ses camarades attendaient l'ouverture.) Un défilé de mode ou un week-end à la montagne ? Gardez à l'esprit que vous vexerez à mort l'autre parent, quelle que soit votre décision.

Willow haussa les épaules.

— La randonnée, proposa Oz.

— Tu choisirais quoi, Alex ? insista Buffy.

— Les deux, répondit-il, étrangement rêveur.

— Les deux ? C'est impossible.

— Non…

— Tu ne peux pas faire deux choses en même temps.

Alex cligna des yeux.

— Quoi ? Oh, je croyais que tu parlais des sœurs Moon. Des corps parfaits, des cheveux à mourir, une grâce sophistiquée, des visages… guillerets ! J'aime bien les mines guillerettes. J'ai entendu l'audition de Polly pour la chorale du lycée, hier. Elle était extraordinaire ! Il paraît que Calli écrit des poèmes géniaux. Elle travaille déjà pour le magazine littéraire du lycée. C'est simple, si j'étais un homme et elles des femmes, je foncerais !

— Tu attends quoi ? demanda Oz. Fonce ! Avec ta chance, tu auras un double rancard pour samedi.

Alex leva les yeux au ciel. Avec sa chance, ils le savaient tous, les sœurs Moon l'assassineraient au premier « bonjour »…

Cordélia s'approcha du banc. Elle avait l'air plus triste que deux jours plus tôt, quand elle avait fait le tour du propriétaire avec les nouvelles. Elle s'arrêta devant le groupe et attendit que quelqu'un lui demande ce qui n'allait pas.

Willow s'exécuta obligeamment.

— Qu'est-ce qui ne va pas ? Tu as l'air déprimée.

Cordélia fit voleter sa queue-de-cheval.

— Donnez-leur un doigt et elles vous avaleront le bras, commenta-t-elle en s'asseyant à côté de Buffy, forçant Alex à se lever. Pour qui se prennent-elles ? Le don des dieux à Sunnydale ? C'est moi qui ai le temps de leur baliser les lieux, de leur indiquer où mettre les pieds, de leur dire qui ignorer ou pas.

— Ouais, je me souviens d'être un mammifère laineux, dit Buffy.

— Voilà. Tu comprends ! Regarde-les maintenant ! N'est-ce pas injuste ?

Elle montra les deux Coccinelle garées un peu plus loin. Les sœurs Moon étaient entourées d'une foule de lycéens, filles et garçons, pour la plupart des amis de Cordélia. Les nouvelles faisaient la conversation et les autres écoutaient, les yeux écarquillés. Régulièrement, elles posaient la main sur l'épaule d'un de leurs fans, se penchaient et riaient.

Sophistiquées et guillerettes, peut-être, mais un peu collantes à mon goût, pensa Buffy.

— N'importe quoi ! grogna Cordélia. Ce n'est pas juste. Je me sens trahie !

— Navrée, fit Willow.

52

— Ouais, dommage, reprit Buffy. Allons, souris, ce ne sont peut-être que des allumeuses…

— Mais je ne veux pas de concurrence déloyale ! gémit Cordélia. C'est moi, l'allumeuse !

— Euh… dit Buffy.

— Regardez ça ! lança Oz.

Les sœurs Moon firent un signe amical à Allison Gianakous et le cercle d'admirateurs s'ouvrit pour la laisser passer…

— Que lui veulent-elles ? se demanda Buffy à voix haute.

— Lui accrocher dans le dos un panneau : « Frappez-moi ! », proposa Alex.

— Je l'espère, dit Cordélia. Sur tout ce qui est sacré, j'espère que c'est ça !

La journée commença comme d'habitude. Buffy communiqua son rapport à Giles avant le premier cours.

La bibliothèque représentait la salle la plus… surannée… du lycée de Sunnydale. C'était aussi celle qui sentait le plus le renfermé, et la moins fréquentée par les élèves. Sur la mezzanine, les étagères étaient encombrées de volumes de toutes sortes, des moins remarquables aux plus curieux. Avec ses boiseries et son vieux portemanteau, la bibliothèque ressemblait plus au repaire d'un vieil excentrique anglais qu'à l'endroit propre et net qu'on s'attendait à trouver dans une école américaine.

Un lieu dédié aux livres et baigné de mystère.

Giles était encore plus en colère contre Mo Moon que la veille. La jeune femme avait laissé sur son bureau un mot indiquant qu'elle avait des affaires à régler en ville – inscrire ses filles à l'élection de Miss

Lycée de Sunnydale –, mais qu'elle serait de retour ensuite… et elle espérait bien voir les livres incriminés emballés dans les cartons, prêts à être expédiés.

— Quand il neigera en enfer ! grommela Giles en arrosant son figuier.

Il tremblait de colère. Par miracle, l'eau atteignit quand même la plante.

— Giles, vous avez toujours réussi à garder élégance et grâce en toutes circ…

— Et ça continuera ! coupa l'Observateur. Alors, Buffy, comment s'est déroulée ta patrouille ?

— Un seul *dépoussiérage*, près de la patinoire. Rien de spectaculaire.

— Bon travail.

— Ouais. Ne la laissez pas vous déprimer !

— Pas question ! jura Giles en essayant de sourire. Jamais !

Buffy tenta de s'intéresser à ses premiers cours, mais ses pensées la ramenaient au choix cornélien entre le défilé ou la randonnée. Elle nota les « pour » et les « contre » dans son carnet et parvint à une égalité parfaite.

Super !

Elle s'arrêta aux toilettes avant le déjeuner. Se regardant dans le miroir, elle fit quelques pas, comme si elle était sur une piste. Pas mal. Pourquoi pas ? Elle pouvait soutenir le défilé mère-fille et s'en sortir décemment, ce qui ferait rire Cordélia, mais cela ne posait pas de problème.

— Mais papa et son week-end à la montagne… ? Il sera déçu. Nous n'avons rien fait ensemble depuis longtemps.

— Buffy ! cria Willow qui se tenait dans l'encadrement de la porte. Viens voir ça !

Sur le tableau d'affichage, dans le hall, on trouvait des petites annonces pour des voitures, des ordinateurs, des CD d'occasion, plus des offres de baby-sitting ou de travaux ménagers. Les affichettes annonçaient aussi l'élection de Miss Lycée de Sunnydale, photos des participantes à l'appui, et le nom de leur sponsor. Celui de Cordélia était le *Monde de laine de Wanda*. « Faites un crochet par chez nous », disait le slogan.

— Que dois-je voir ? demanda Buffy.

— *Ça*, répondit Willow en désignant une grande feuille de papier au milieu du tableau.

Buffy s'approcha de la pétition.

« Egalité dans le sport – soutenez le droit d'Allison Gianakous de jouer dans l'équipe masculine de basket-ball ! »

Quelqu'un avait décoré la page de petits ballons, et elle comportait sept signatures. La première était celle d'Allison Gianakous, la deuxième et la troisième celles de Polly et Calli Moon. Quatre autres filles avaient signé. Cordélia était la septième.

— Ça rappelle le bon vieux temps des protestations, dit Willow.

— Ouais, fit Buffy.

Le parfum agressa ses narines avant que la voix *guillerette* ne parvienne à ses oreilles.

— Bonjour !

Buffy se retourna pour voir arriver les sœurs Moon en compagnie d'Allison. Habillées à l'identique, pull et jupe courte, les Moon portaient de nouveaux bijoux : boucles d'oreilles ornées de saphirs, bagues de perles. L'une arborait un collier avec un diamant en goutte d'eau ; l'autre un tour de cou agrémenté de trois topazes.

Rien de mieux que de montrer la marchandise !

Les longs cheveux des Moon brillaient sur leurs épaules. Leur regard était amical. Allison avait voulu copier leur style, sans succès : sa jupe était un chouïa trop longue et le pull pas assez moulant.

— Si je me souviens bien… tu dois être Buffy, n'est-ce pas ? dit une des sœurs.

Elle tendit la main. Buffy recula, heurtant Willow. Elle détestait qu'on envahisse son espace personnel.

— Ouais, Buffy, dit-elle en serrant rapidement la main de la fille. C'est moi. Animal laineux Summers ! Je suis navrée, tu es… ?

— Excuse-moi, répondit la fille avec un petit rire cristallin. Nous n'avons pas eu l'occasion de parler, la dernière fois. Cordélia nous avait prévu un emploi du temps serré. Je suis Calli et voilà ma sœur, Polly. Il n'est pas difficile de nous distinguer, j'ai quelques taches de rousseur sur le nez, tu vois ?

Elle se rapprocha encore. Malgré le parfum, Buffy sentit quelque chose de frais et de plaisant.

Un bain de bouche ?

La tête lui tourna un instant, mais elle recula et l'étrange sensation se dissipa.

— Je vois… Des taches de rousseur. C'est fascinant. Alors, comment trouvez-vous Sunnydale ? Les cours sont nuls ? Les profs déprimants ?

— Au contraire ! s'exclama Polly. Tout le monde s'est montré chaleureux. Ma mère est très heureuse ici. Elle apprécie beaucoup son nouveau poste à la bibliothèque… Elle veut aussi faire quelque chose pour la ville. Organiser une Société des femmes de Sunnydale, par exemple. Elle a toujours désiré s'impliquer dans une communauté, mais nous… avons déménagé si souvent que cela n'a guère été possible. Peut-être ici… Je l'espère de tout mon cœur !

— Moi aussi, renchérit Calli.

— Mais nous avons déjà du travail dans ce lycée, fit Polly en baissant la voix.

— Quel type de travail ? demanda Willow.

— Réfléchis à la situation, déclara Calli en montrant la pétition. Nous devons supplier un homme pour que les femmes soient autorisées à faire ce que le bon droit leur autorise.

Une petite brune s'arrêta devant le groupe. Elle fixa du regard les sœurs Moon.

— Voilà quelqu'un qui parle la même langue que moi, dit-elle en croisant les bras. Continue, mon amie. J'apprécie ce que tu dis.

Willow tira sur la manche de Buffy ; les deux amies échangèrent un regard. La petite brune était Anya. Elle n'avait rien d'une jeune fille et tout d'une démone de onze siècles emprisonnée dans le corps d'une lycéenne. Pendant un millénaire, elle avait vengé les femmes trompées, massacrant les maris et les amants infidèles. Aujourd'hui, elle se retrouvait prisonnière du lycée, sans pouvoirs surnaturels… et accablée par une attirance maladive pour tout ce qui était masculin, Alex en particulier.

— Le système patriarcal est archaïque au mieux, insupportable au pire.

— Ouais ! répondit Allison enthousiaste. *Archaïque !* C'est le fond de ma pensée ! Il est temps que les femmes se défendent. Nous avons été opprimées trop longtemps.

— Ah ? demanda Willow. Ici, à Sunnydale ?

— Mais bien sûr ! répliqua Polly.

Elle se pencha vers Willow comme pour lui confier un secret, mais celle-ci recula. Visiblement, elle pensait aussi que les deux sœurs se révélaient un peu trop envahissantes.

Polly n'eut pas l'air de s'en soucier.

— La discrimination est partout. Et pas seulement dans le sport. Dans la politique, l'économie, la religion, les arts...

— Stop ! cria Buffy. Ça ne fait pas longtemps que vous êtes là. Vous parlez sans savoir. Vous ne connaissez rien de Sunnydale ni de notre lycée.

— Mais si, enchaîna Calli. Les hommes ont toujours eu le contrôle, partout, de tout temps et dans toutes les dimensions.

— C'est vrai, renchérit Anya. Mais personne ne veut m'écouter.

— Eh ben ! s'exclama Willow. Toutes les dimensions, hein ?

— Oui, continua Polly. Et nous sommes prêtes à rétablir le bon droit.

— Droit comme la flèche d'Eros, ajouta Calli avant de se tourner vers Willow. Au fait, ton bracelet est magnifique !

Sur ces mots, Polly et Calli allèrent rejoindre un autre groupe.

Anya haussa les épaules et s'en alla à son tour.

Allison resta là, tremblante d'excitation.

— Nous devons nous défendre, Buffy ! Comme Custer, ou Billy Jack dans... heu... cette série B... Sauf que c'était un homme et que les hommes sont des oppresseurs. Tu as un stylo ?

— Hein ?

— Pour signer la pétition ! Tu ne vas pas signer ? Tu le *dois* ! Nous devons prouver au proviseur Snyder et à mon père que les filles ne supporteront plus long-temps cette situation.

Buffy lâcha un long soupir. Allison n'avait pas une vie facile avec son père. Etait-ce une raison pour reje-ter en bloc la gent masculine ?

Elle tira un stylo de son sac à dos et écrivit son nom sur la pétition. Willow signa à la suite.

— Nous venons de faire un premier pas audacieux. Autre chose que tuer des démons, je veux dire, ajouta-t-elle à voix basse.

— Je suppose, souffla Buffy.

Allison partit rejoindre ses nouvelles amies.

Elle a peut-être besoin de l'équipe de basket pour retrouver un peu de confiance en elle, pensa Buffy. *Et ça ne fera de mal à personne.*

CHAPITRE IV

Le matin suivant, il pleuvait dru. Oz passa chercher Buffy avec son van. Alex et Willow y étaient déjà installés, ravis à l'idée de ne pas se faire tremper. Les rues de Sunnydale étaient glissantes ; certains réverbères restaient allumés à cause du ciel gris. Un seul essuie-glace d'Oz fonctionnait ; il allait et venait contre le pare-brise, l'autre demeurant immobile comme la patte brisée d'un gros insecte.

— On se la coule douce au *Bronze*, demain soir ? demanda Oz en se tournant vers Buffy et Alex. Les Dingoes y jouent. J'ai écrit un nouveau morceau.

— Cool, dit Buffy. Mais si tu ne regardes pas la route, nous ne connaîtrons pas la prochaine minute.

— Pas mal vu, grogna Oz.

— Alors, Alex, tu as signé la pétition ? demanda Willow. Pour laisser Allison jouer dans l'équipe de basket ?

— Je ne vois pas pourquoi elle y tient tant que ça, remarqua Alex. L'équipe féminine est meilleure.

— J'ai signé, dit Oz.

— Tu ne trouves pas que c'est une menace contre ta virilité ? demanda Buffy.

— Les loups-garous qui ont des problèmes de virilité sont peu nombreux…

— C'est sûr !

Le van s'arrêta dans le parking.

Ils prirent leurs livres, ouvrirent les portières et foncèrent sous la pluie battante. Puis ils se séparèrent ; Buffy se rendit à la bibliothèque faire son rapport et voir comment Giles se débrouillait avec maman Moon.

Elle atteignait la porte quand elle entendit la voix d'Allison dans le couloir. Un groupe approchait… Les sœurs Moon, Allison et une douzaine d'autres filles, toutes ex-fans de Cordy.

Anya se trouvait avec elles. Sa curiosité devait être assez forte pour la pousser à rôder un moment avec la meute.

Plusieurs garçons suivaient, souriant comme des chiots devant leur assiette de Pal.

Calli, Polly et Allison s'arrêtèrent en passant devant Buffy et ouvrirent leurs blousons pour exhiber leurs T-shirts. Ils portaient le même slogan : « Les femmes au pouvoir ! »

— Unissons-nous ! Unissons-nous ! scanda Allison par-dessus son épaule.

De l'autre côté du hall, Cordélia fit signe à Buffy qui attendit, les bras croisés. La conversation serait sans doute intéressante… Cordy arriva, haletante – une attitude habituellement interdite par le règlement intérieur de Cordélia Chase. On aurait dit qu'elle s'était coiffée avec un pétard, ce qui demeurait tout aussi proscrit par le règlement susnommé.

— J'en ai assez, Buffy ! Je ne veux plus m'associer avec ces… monstres.

— Des monstres ?

— Tu m'as bien entendue. Elles n'écoutent pas un mot de ce que je dis. Elles ont leur façon de voir, et tout le monde semble d'accord avec elles. Tout le

monde, sauf moi. J'ai essayé d'en parler à mes amies –
mes ex-amies plutôt –, histoire de comprendre ce que
les Moon avaient de si spécial… Impossible de savoir.
Mes copines aiment la façon dont ces deux pimbêches
jacassent et se fringuent… Elles apprécient qu'elles
portent plein de bijoux, au mépris du bon goût et de la
classe ! Elles aiment ce qu'elles disent. *Elles aiment,
elles aiment !* Et moi, dans tout ça ?

— Je ne sais pas, Cordélia. Ton drame me dépasse…

— Les deux sœurs Moon ont des pouvoirs paranor-
maux et elles me volent mes copines !

— Cordélia, tu es jalouse, diagnostiqua Buffy. Tu ne
supportes pas qu'on te supplante. Si quelqu'un me
paraît étrange, c'est plutôt Allison.

Cordélia la foudroya du regard, exaspérée.

— J'aurais dû me douter que tu ne comprendrais
pas ! Si on ne brandit pas la vérité sous tes yeux, tu ne
vois jamais rien ! Laisse tomber !

Cordy se tourna et s'éloigna à grands pas.

Buffy poussa la porte de la bibliothèque, qui se
referma en douceur derrière elle.

— Salut !

Pas de réponse.

— Giles ?

N'obtenant toujours aucun signe de vie, elle avança
jusqu'au petit escalier.

— Vous êtes là ?

Le visage de Giles apparut derrière une étagère.

— Bonjour, dit-il, l'air épuisé. Tu as besoin de quelque chose ?

— Heu, rien d'urgent. J'étais seulement passée faire
le rapport sur… vous savez. (Elle s'interrompit et
regarda autour d'elle.) Je dois me taire ? Ce n'est pas
le bon moment ?

Giles descendit l'escalier, les bras chargés de livres. Il les laissa tomber dans une caisse, près du comptoir.

— Le bon moment ? Que veux-tu dire ?

Buffy leva les yeux au ciel, espérant qu'il comprendrait. Ce qui ne semblait pas être le cas.

— Maman Moon est là ?

— Mme Moon ? Non. Eh, Buffy… (Giles redressa ses lunettes.) Je n'aurais pas dû parler comme je l'ai fait hier. Ce n'était pas professionnel.

— C'est *moi* ! rappela Buffy. Nous pouvons tout nous dire. Ça fait partie du contrat, non ?

— Oui, peut-être…

Giles cligna des yeux comme s'il allait s'endormir. Buffy commença à se sentir mal à l'aise.

— Alors, que voulais-tu ?

— Je suis là pour vous parler des trois vampires morts de la nuit dernière. Près du cimetière.

— Bien, bien… Un vampire mort est un bon vampire.

Buffy n'en crut pas ses oreilles. Giles agissait comme si ça ne l'intéressait pas le moins du monde. Ce n'était pas l'Observateur qu'elle connaissait.

— Que faites-vous ? demanda Buffy, montrant les livres dans la caisse.

De vieilles légendes indiennes, les œuvres de Charles Fort, des ouvrages sur les mythologies européennes et sur la numérologie… Aucun ne sortait de la collection privée de Giles. Mais ces textes s'étaient parfois révélés précieux pour leurs enquêtes.

— Pourquoi les rangez-vous ?

— Je les rapporte à la maison. Mme Moon m'a suggéré quelques ouvrages intéressants pour les remplacer.

— Vous plaisantez ? Ces bouquins sont…

— Ils prennent de la place. Je sais qu'ils comptent pour toi, Buffy. Mais une bibliothèque de lycée n'est peut-être pas le meilleur endroit où les entreposer.

— Allô ? La Terre appelle Giles ! cria Buffy. Vous vous entendez parler ?

Il regarda la Tueuse comme s'il la voyait pour la première fois. Puis son regard s'éclaircit.

— Non, avoua-t-il. Qu'étais-je en train de dire, Buffy ?

— Que Mo Moon avait raison de vous demander de faire disparaître ces livres !

— J'ai dit ça ? C'est une erreur ! (Il se massa les tempes.) L'idée a dû me paraître séduisante un instant… Etrange.

— Etrange, en effet.

— Navré, Buffy. Je suis préoccupé, je suppose… même si ce n'est pas une excuse. Cela n'arrivera plus. Je vais les reposer à leur place.

Buffy l'aida à porter les livres sur la mezzanine.

— Je voulais vous parler de deux autres choses… Vous vous souvenez, la nuit où nous avons dîné au *Grec Hilare*…

— Tu as dîné là-bas aussi ? demanda Giles.

Il remit en place un ouvrage sur Aleister Crowley.

— La nuit où nous sommes *allés* au *Grec Hilare*, corrigea Buffy. J'ai été attaquée par des femelles vampires, pas très loin du restaurant, et il m'a semblé… Eh bien, qu'elles voulaient me capturer, et non pas me tuer…

Giles leva un sourcil interrogateur.

— Je croyais que je me faisais des idées, ou qu'elles n'avaient pas compris la nature profonde de la relation qui unit les vampires à la Tueuse. Mais je les ai revues ensuite en bas de chez moi. Quand je suis sortie, elles avaient disparu. Je pense qu'elles jouent avec moi. Je voulais vous le signaler, au cas…

— C'est grave ! coupa sèchement Giles. Pourquoi n'en as-tu pas parlé avant ?

— Vous aviez vos problèmes. Et j'estimais avoir réglé celui-là. Maman Moon étant dans le bureau d'à côté, j'ai résumé.

Giles fronça de plus belle les sourcils. La Tueuse savait que ses arguments ne tenaient pas la route.

— Ne me laisse jamais dans l'ignorance, Buffy !

— Je ne le ferai plus. Navrée.

— Et il y avait autre chose ?

— Oui. Allison Gianakous. La façon dont elle se comporte… Je la connais mal, mais je l'ai assez longuement observée, récemment, pour être certaine qu'elle n'agit pas normalement. Elle s'est toujours montrée timide… A présent, elle a le verbe haut. Trop haut. Croyez-vous qu'elle ait pu se faire posséder par le fantôme d'une femme abusée ? Un esprit féminin ayant décidé de manipuler des gamines d'une petite ville de Californie et de chercher à se venger en poussant Allison à jouer dans l'équipe masculine de basket ?

Giles écarquilla les yeux.

— Pourquoi pas ? insista Buffy.

— Ecoute, j'entends ce que tu me dis…

— Ooooh ! la phrase est révélatrice au niveau psychanalytique.

— … et j'admets qu'Allison est d'habitude une jeune fille réservée. Mais il me semble que tu me décris une crise de post-adolescence. Rien de surnaturel là-dedans.

— Comment pouvez-vous en être sûr ? Quelque chose me donne la chair de poule.

— Fais-moi confiance. C'est un phénomène naturel. Les vampires qui essaient de te capturer, voilà qui ne l'est pas. J'y vois un désir de sacrifice ou de torture. Redouble de prudence.

Buffy frissonna.

Torture, sacrifice. Rien de réjouissant.

— J'ai des renforts, dit-elle. Je vais passer chez Angel lui demander de…

Giles leva une main pour l'interrompre.

— Il n'est pas en ville. Je l'ai envoyé enquêter sur les perturbations paranormales émanant d'une grotte, dans le désert. Je pense qu'il s'agit de forces hostiles qui pourraient décider de nous rendre visite, si nous ne les en empêchons pas.

— Sera-t-il absent longtemps ? Combien de temps faut-il pour enquêter dans une grotte du désert ?

— Je ne sais pas. Plusieurs jours. Une semaine ou plus.

— Et il ne m'a pas dit au revoir…

— Non. Ça arrive. Le devoir avant l'amitié.

L'amitié… Et l'amour ? Buffy sentit son cœur se serrer… Mais Angel l'aimait. Elle l'aimait aussi. Et ils se faisaient mutuellement confiance. Il serait venu la saluer s'il avait pu.

La porte s'ouvrit ; Mo Moon entra dans la bibliothèque. Impeccablement coiffée, elle portait un superbe tailleur gris.

— Bonjour, ma chère ! dit-elle en avisant Buffy. Heureuse de vous revoir !

Elle pénétra dans le bureau de Giles.

Buffy remarqua que celui-ci la suivait des yeux, la mâchoire pendante.

— Ah, c'est comme ça ? chuchota-t-elle. C'est comme ça qu'elle vous a forcé à emballer vos livres ?

Elle est très jolie, dans le genre coincé, mais je ne pensais pas que vous laisseriez une mégère vous faire oublier vos responsabilités simplement parce qu'elle a un beau...

Giles se retourna, la main levée comme s'il allait gifler Buffy.

Elle serra les dents. Giles se ressaisit et porta la main à son front.

— Buffy, c'était inexcusable. Je ne voulais pas... Je... j'ai eu une semaine très difficile. Je ne me suis pas senti moi-même. Pardonne-moi.

La Tueuse hocha la tête.

— Monsieur Giles, j'ai besoin de vous ! le héla Mo Moon.

Il changea aussitôt d'expression et tourna la tête vers Buffy.

— Assez bavardé, à présent !

Il lui désigna la porte.

Buffy se laissa tomber sur son lit et tendit le bras vers le téléphone.

Elle n'avait pas croisé Willow après les cours – un rendez-vous chez le dentiste – et elle avait besoin de lui parler. D'Allison. De l'attirance étrange de Giles pour Mo Moon.

Buffy décrocha le combiné et s'allongea, observant les papillons collés sur les murs, symboles de liberté et de simplicité. Des concepts absents de sa vie.

Demain... Willow, Oz, Alex et moi sauterons le déjeuner et parlerons à Giles. Maman Moon est dangereuse. Elle contrôle peut-être des forces maléfiques ; on n'est jamais trop prudent sur la Bouche de l'Enfer.

La mère de Buffy était déjà en ligne. Elle parlait

67

avec une telle flamme qu'elle n'avait pas entendu le « clic ».

— Hank… Le défilé représente vraiment quelque chose d'important pour moi et ce n'est pas quelque chose qu'on peut changer. La date est fixée. Celle de ta sortie ne l'est pas.

— Non, mais ce n'est pas le problème, répondit le père de Buffy. Tu vois notre fille tout le temps. J'en ai rarement l'occasion. Pourquoi es-tu si têtue ?

— Je ne suis pas têtue, le contra Joyce. Je t'expose les faits.

— Faux ! Tu te butes et tu ne veux rien entendre. C'est tellement toi, Joyce.

— Et c'est tellement toi, Hank ! Tu agis comme… comme un homme !

Buffy raccrocha violemment le combiné. Elle se moquait de savoir si ses parents l'avaient entendue ou pas.

Un stupide week-end ! Pourquoi ne la laissaient-ils pas décider en paix ?

Elle lança son sac à travers la chambre. Ses parents agissaient comme… deux ados. C'était dingue !

Les nouvelles locales passaient à la radio quand elle l'alluma. Un autre lycéen de Sunnydale, Ben Rothman, avait été retrouvé mort dans Weatherly Park, la tête dans un seau d'eau, à proximité des toilettes publiques.

La police concluait à une noyade, probablement sous l'influence d'une drogue. Une autopsie avait été demandée.

Encore un !

Buffy coupa la radio. Elle se souvint du visage de Brian Andrews, la regardant, ses bouquins à la main.

« *Buffy*, avait-il dit. *C'est un joli prénom. Aide-moi à ramasser ces livres.* »

Il était triste à en devenir mignon.

« *Buffy, aide-moi à ramasser ces livres.* »

Buffy, aide-moi… !

Elle cligna des yeux et regarda autour d'elle. La voix était si réelle… Et désespérée ! Un fantôme ? Ou sa culpabilité qui s'exprimait… Aurait-elle pu empêcher la mort de Brian ?

— D'accord, dit-elle à sa propre intention et à celle de Brian et de Ben… où qu'ils soient. Je demanderai à Willow de pirater les fichiers de la police pour en apprendre plus. Heureux ?

Elle tendit l'oreille… Sa suggestion resta sans écho.

Elle se leva et se campa devant la fenêtre. Les ombres de la fin d'après-midi s'allongeaient sur la pelouse. Les rosiers que sa mère avait plantés autour du jardin poussaient selon des angles bizarres, mais ils poussaient. Un des efforts de Joyce pour essayer de mener une vie ordinaire… Comme faire des muffins, pour tenter de prouver qu'une famille « dans la norme » vivait dans la maison.

Buffy se demanda une fois de plus pourquoi elle était l'Elue.

Pourquoi elle se devait d'arrêter la progression du mal.

Pourquoi elle ne pouvait pas prendre de vacances.

Elle examina de nouveau les papillons.

— Contrairement à vous, je n'ai pas beaucoup de temps libre dans la vie.

Elle reprit le combiné et appela Willow.

CHAPITRE V

Le lycée entrait en effervescence. Allison avait apporté sa pétition au coach de l'équipe de basket pour exiger de faire un essai. Et Ashley Malcolm, une autre élève, insistait déjà pour prendre la place de Ben Rothman dans l'équipe de lutte.

Buffy s'assit et se prépara mentalement à la discussion que ses amis et elle auraient avec Giles pendant le déjeuner. Willow l'avait appelée tard la veille, après avoir piraté les ordinateurs de la police de Sunnydale. Les rapports sur la mort de Brian et de Ben n'étaient pas encore complets et ne les aidaient en rien.

Mais nous pouvons déjà tenter de combattre Mo Moon.

Au fond de la salle, des garçons et des filles s'étaient lancés dans une conversation animée.

— Je ne comprends pas, dit Justin Shifflett. Quelqu'un devrait raisonner Allison et Ashley ! Elles ont autant leur place dans une équipe masculine qu'un cochon dans un ballet classique !

— Pourquoi ? Vous pensez qu'elles vont vous battre ? persifla Piper Reynolds. Vous avez peur qu'elles ne soient meilleures que vous ?

— Ce n'est pas le problème, soupira Raul Mendez. C'est une… invasion, une attaque en règle ! Ben

Rothman est mort depuis moins de vingt-quatre heures, et Ashley veut sa place ? Les sœurs Moon sont à l'origine de tout ça…

— Le problème est bien là ! ronchonna Piper. Vous avez la trouille !

— Non !

— Si !

— Non !

— On dirait des élèves de primaire ! s'interposa Buffy. Bientôt, vous allez accuser les autres d'avoir les chocottes…

Les élèves s'arrêtèrent et la regardèrent.

— Non ! répondirent les filles à l'unisson.

Les garçons se tournèrent vers elles.

— *Si !*

La prof tapa sur son bureau avec un stylo.

— Le proviseur Snyder m'a demandé de vous lire un document, annonça-t-elle. Il veut que vous preniez ce communiqué au sérieux. « *Aux élèves du lycée de Sunnydale : j'ai appris qu'une polémique agitait le campus… Cela doit cesser. Ma position est claire : aucune fille ne sera autorisée à jouer dans une équipe masculine. La décision n'est pas arbitraire ; la règle existe depuis la création du lycée. Les garçons jouent dans les équipes masculines, les filles dans les féminines. Il ne s'agit pas de discrimination. De nombreux événements sont mixtes. Mais pas les sports.* »

Malgré l'intervention de la prof, Piper et plusieurs filles se levèrent et quittèrent la salle, furieuses. Justin, Raul et deux autres garçons secouèrent la tête.

— Elles sont trop émotives, murmura Justin. Elles ne peuvent pas se contrôler. Voilà pourquoi elles ne doivent pas entrer dans l'équipe…

Quand la cloche sonna, les élèves se déversèrent

dans les couloirs. Buffy passa par son casier, puis alla aux toilettes des filles pour nettoyer des traces d'encre sur ses doigts. Après s'être rincé les mains, elle réalisa qu'il n'y avait plus de serviettes dans le distributeur. Bien sûr, il y avait le papier-toilette…

Entrant dans une cabine, elle déroula une bande et s'essuya les doigts. Soudain, elle entendit des voix et des bruits de pas.

Les sœurs Moon.

Buffy ferma la porte, rabattit le couvercle des toilettes, sauta dessus et s'accroupit, se demandant si elle n'était pas un peu paranoïaque. Pourquoi ne voulait-elle pas voir ces filles ? Parce qu'elles se montraient crampon et que leur mère était stressante ?

— Quelle scène amusante, dit la voix de Calli Moon. Les filles se sont senties offensées par l'annonce du proviseur Snyder… Et les garçons ont été outragés par leur réaction. Ils ont montré à tout le monde leur ridicule émotivité masculine…

— Les paroles du proviseur Snyder sont celles d'un mâle se déchaînant contre quelque chose qu'il ne peut ni maîtriser ni arrêter, renchérit Polly. Je vous le dis, présentez-nous le défi, et il sera relevé !

— Ouais ! clama Allison. Vous avez raison, les filles !

— Recommence, s'il te plaît, énonça une voix très douce.

— Navrée, fit Allison, baissant le ton. Je voulais dire, je pense que tu as raison, Calli.

Elle essaie de parler comme les Moon, pensa Buffy. *C'est encore plus flippant que sa conduite passée…*

— Quel bonheur que votre famille soit venue à Sunnydale, continuait Allison. Nous sommes vraiment bénies.

Buffy s'appuya au mur et regarda par la fente de la porte. Allison, Calli et Polly s'admiraient dans le miroir, rajustant leurs bijoux.

— Tu es notre numéro trois adorée, déclara Polly, serrant Allison dans ses bras. Ton travail de propagande est excellent ! Nous sommes si fières de toi.

— Oh, oui ! s'exclama Calli. Il faut le dire ! Et ta bague est très jolie. Est-ce une améthyste ?

Allison tendit la main pour mettre sa bague en valeur.

— Oui. Je ne l'ai jamais portée au lycée. Mon père ne me le permettait pas. C'était celle de ma mère.

— J'aimerais bien l'avoir, dit Calli.

Allison la fit glisser de son doigt et la lui donna.

— Magnifique ! Absolument exquise.

La porte des toilettes s'ouvrit et plusieurs autres filles entrèrent. Buffy colla son nez sur la fente pour mieux voir. Deux lycéennes de terminale sortaient leur nécessaire de maquillage. Le parfum des sœurs Moon, entêtant, menaçait de faire éternuer la Tueuse. Elle se pinça les narines.

Les filles de terminale jetèrent un regard oblique aux sœurs Moon.

— Alors, c'est vous, les filles qui détestez les garçons, dit la première. Vous êtes cinglées !

— Ouais, fit l'autre. Cinglées de chez cinglées !

Les Moon n'eurent pas un mouvement de recul. Au contraire, elles s'approchèrent des deux filles, et, armées de leur seul sourire, leur posèrent les mains sur les épaules avant de se pencher vers elles.

— Ma douce enfant, tu ne comprends pas, commença Polly. Laisse-nous t'expliquer. Sais-tu ce que c'est qu'être une femme ?

— Bien sûr, fit l'une des filles. Je ne suis pas une crétine.

— Etre femme, c'est avoir le pouvoir de donner la vie, dit Polly.

— Le pouvoir physique, ajouta Calli.

— Et spirituel, renchérit Polly. Tout cela et bien plus encore. Ne laisse pas tes idiots de petits copains te les arracher. Ne les laisse pas te traiter comme si tu leur étais inférieure.

— Ou même égale, précisa Calli. Nous sommes supérieures. Fais-nous confiance.

— Fais-nous confiance, répéta Polly.

Les filles, qui avaient reculé jusqu'aux lavabos, se trouvaient coincées. Quand les sœurs Moon eurent terminé, leur attitude changea. Elles sourirent comme si elles avaient eu une révélation.

Rangeant leur nécessaire de maquillage dans leur sac, elles suivirent Polly et Allison hors des toilettes.

Calli les laissa sortir puis se retourna.

— N'oublie pas de tirer la chasse, Buffy !

La Tueuse compta jusqu'à dix avant de sortir de la cabine. Les toilettes sentaient le parfum, et les paroles des sœurs Moon résonnaient encore contre les carreaux.

Fais-nous confiance. Fais-nous confiance.

Une nouvelle voix résonna à l'oreille de Buffy, bourdonnant comme un insecte.

Buffy, aide-moi… !

Le cœur de la Tueuse bondit dans sa poitrine. Elle regarda le miroir, s'attendant à voir quelqu'un…

Personne.

— Qui êtes-vous ? murmura-t-elle. Comment puis-je vous aider ?

— Buffy !

74

— Brian Andrews, c'est toi ?

— Non, ce n'est pas Brian, c'est moi ! lâcha une voix irritée dans la cabine du fond. Tu ne reconnais plus les filles des garçons ? C'est triste, Buffy. Très, très triste.

— Cordélia ?

La porte s'ouvrit. Cordélia regarda prudemment autour d'elle.

— Pourquoi te cachais-tu ? demanda Buffy.

— Pour la même raison que toi. Les Moon sont des démons femelles. Tu le sais.

— Cordélia…

Cordy se retourna comme une furie, son bâton de rouge pointé vers Buffy comme une épée.

— Personne dans ce lycée ne pense que les Moon sont bizarres ? Il doit bien y avoir quelqu'un… Et ce quelqu'un, c'est toi !

— Si tu…

— Tu es la seule à pouvoir agir ! Tu as entendu comment elles se sont adressées à ces filles ? Tu as vu comment elles ont changé ? Ne me fais pas croire le contraire !

— Cordélia, écoute-moi…

— Débarrasse-toi d'elles ! Elles contrôlent les esprits ! Elles prennent les bijoux des gens en leur… en leur *demandant* ! Mais tu ne vois pas le pire : elles pourraient saboter l'élection et me faire perdre ! Qui sait quels sont leurs projets ?

— Cordélia… !

— Buffy, il y a une minute, tu as cru qu'un fantôme t'appelait… Juste après la sortie des Moon. Tu penses que c'est une coïncidence ?

Quatre filles de dernière année entrèrent dans les toilettes, plaisantant sur leur test de trigonométrie raté. Buffy leur fit un sourire crispé.

— Cordélia, souffla-t-elle, j'essaie depuis tout à l'heure de te dire que tu as peut-être raison. Je vais les surveiller… Les tenir à l'œil. La totale ! Mais dis-moi… Tu es occupée ? Quelque chose d'important ? Si ce n'est pas le cas, tu pourrais venir parler à Giles avec nous pendant le déjeuner. Il…

Cordélia l'arrêta d'un geste.

— Le déjeuner ? Pas question ! Les filles qui participent à l'élection se réunissent. On va discuter de l'éclairage. Il n'y a *rien* de plus important.

Pendant les cours, le cerveau de Buffy travailla à plein régime, étudiant les événements de ces derniers jours. La soudaine popularité d'Allison, son changement subit de personnalité… Le fossé qui se creusait entre les filles et les garçons… La noyade des deux lycéens… Le changement d'attitude de Giles sur les collections de la bibliothèque et son attirance pour maman Moon…

L'influence des sœurs Moon.

Buffy motiva les troupes pendant l'heure du déjeuner.

— Avec un peu de chance, la conversation sera courte et sans problème, expliqua-t-elle à Willow, Oz et Alex, alors que les autres élèves couraient vers la cafétéria. Giles semble vraiment accro. Il y a quelques jours, il ne pouvait pas la sentir. Il devient distrait et je déteste le dire, négligent. A mon avis, maman Moon est un générateur d'ondes pourries. L'intervention est la seule solution. Pour qu'il quitte son monde fantasmatique et revienne à la réalité…

— Ben voyons ! Sunnydale est *la* réalité idéale pour

laquelle abandonner ses fantasmes, marmonna Alex en levant les yeux au ciel.

— Elle a une attitude de matrone, continua Buffy. Elle déteste les bons bouquins et elle a deux filles à qui je ne fais pas confiance. Nous devons réveiller Giles. Nous aurons besoin de son aide.

— Allons-y ! lança Willow. Il ne pourra pas nous résister !

La bibliothèque était fermée.

La journée n'était pas terminée et le sanctuaire de Giles affichait *fermé*. Willow, Alex, Oz et Buffy essayèrent d'ouvrir la porte.

Oz frappa et attendit.

— Personne, dit-il.

— La bibliothèque est toujours ouverte à cette heure, rappela Willow. Giles est peut-être malade.

— Ou peut-être nous évite-t-il ? avança Buffy.

— Ce n'est pas son genre…

La Tueuse regarda à droite, à gauche, puis flanqua un coup de pied dans la porte, brisant la serrure.

— La prochaine fois, préviens-nous, marmonna Alex. Ma main était à *ça* de la poignée de porte !

Ils entrèrent.

— Giles ? appela Willow. Bonjour !

Le changement sauta aux yeux de Buffy. Les étagères de la mezzanine étaient beaucoup moins chargées. Giles avait fait le tri.

— Au nom des dieux, que se passe-t-il donc ? lança une voix de femme derrière eux.

Buffy regarda par-dessus son épaule. Mo Moon se découpait dans l'encadrement de la porte, une pile de prospectus à la main.

— Oh, salut, dit Buffy.

Elle sentit que les mots manquaient à Willow, Alex

et Oz. Non que celui-ci soit du genre volubile. Mais s'il l'avait été, lui non plus n'aurait pas su quoi dire.

— La porte de la bibliothèque était fermée, dit Mo Moon. (Son calme agaça Buffy. Elle n'aimait pas cette femme.) Comment êtes-vous entrés ? C'est une serrure cassée que je vois là ?

— Spasmes des membres inférieurs, déclara Buffy. C'est un réflexe, une réaction traumatique liée aux portes fermées. Quand j'étais petite, ma méchante grand-mère m'enfermait dans la cave quand je n'étais pas sage.

— Elle ne peut pas s'en empêcher, dit Willow. Elle a des souvenirs terribles. Des araignées et des mille-pattes !

— Sans compter tous les animaux empaillés avec leurs petits yeux vitreux, ajouta Alex.

— Puis-je faire quelque chose pour vous ? demanda Mo.

— Pour les spasmes ? demanda Buffy.

— Pour les livres. Pour quelle raison êtes-vous ici ?

— Nous cherchions Giles, annonça Alex. Vous l'avez enfermé ?

Buffy le fit taire du regard.

Mo sourit. Puis elle éclata d'un rire aussi cristallin que celui de ses filles.

— Quels blagueurs ! J'adore les gens qui ont le sens de l'humour ! Non, Giles n'est pas là. Il a pris sa demi-journée. Je lui ai demandé d'aller à la bibliothèque du collège, pour voir quel type de littérature on y propose.

— Oh, dit Buffy. Il ne m'a pas prévenue qu'il prenait une demi-journée.

— Aurait-il dû ? Je suis le superviseur. Il m'obéit. Devrait-il aussi en répondre devant vous ?

Buffy et ses amis se dirigèrent vers la porte, mais

Mo Moon leur bloqua le chemin avec sa pile de prospectus « Société des femmes de Sunnydale ».

— J'aimerais que vous fassiez circuler ce texte. Buffy, j'ai cru comprendre que votre mère travaillait dans les arts… Mon organisation lui plaira ; elle prône l'éveil culturel, esthétique et historique. Voudriez-vous faire cela pour moi ?

— Bien sûr, dit Willow. Pas de problème. Euh, merci.

Le petit groupe sortit. Buffy jeta les tracts dans la poubelle la plus proche. Oz et Alex firent de même.

— Mais, commença Willow. Nous avions dit que…

Buffy secoua la tête, incrédule. Willow ajouta ses prospectus aux autres.

— Giles n'est pas allé très loin, remarqua Alex.

Buffy, Oz et Willow se tournèrent vers le parking des professeurs. La voiture de Giles s'y trouvait, le bibliothécaire assis au volant.

Buffy atteignit la première le véhicule. Elle ouvrit la portière du conducteur.

— Giles, quoi de neuf ? s'enquit-elle.

Il leva les yeux vers elle, sourcils froncés.

— Je… je ne sais pas exactement. Je devais aller quelque part, mais j'ai oublié où.

— La bibliothèque du collège, dit Alex.

— Oui, oui ! C'est ça ! Je ne m'en souvenais plus. Je me demande combien de temps je suis resté assis là. Je devais avoir l'air idiot, j'imagine.

Buffy, Oz, Alex et Willow montèrent dans le véhicule… La Tueuse devant avec Giles, les autres à l'arrière.

— Que se passe-t-il ? demanda l'Observateur, reprenant sa voix habituelle. J'ai promis de vous déposer au centre commercial ?

— C'est une intervention, dit Buffy. Alors n'essayez pas de sortir de la voiture, ou je vous y fais rentrer de force.

— Une intervention ? Je suis navré, mais…

— Giles, gardez vos distances avec maman Moon ! l'avertit Buffy. J'ignore quel est le problème, mais cette femme est… néfaste pour le lycée. Vous le savez, ou plutôt vous aviez l'air de le savoir jusqu'à ce qu'elle s'impose, et que vous deveniez tout…

— Chamallow, dit Alex.

— Non ! protesta l'Observateur.

— Si ! protesta Buffy. Je vous ai observé. Giles, elle a un pouvoir sur vous. Ne la laissez pas vider la bibliothèque. La sécurité de Sunnydale est en jeu et vous le savez ! Et rappelez-vous du leitmotiv de ma mère : « Un joli visage peut cacher un esprit maléfique. » Nous avons besoin de vous. Gardez vos distances.

— Gardez vos distances, reprit Oz.

— Gardez vos distances, répéta Alex.

— Gardez vos distances, insista Willow. S'il vous plaît !

Une longue pause suivit.

— C'était donc une… intervention ? souffla Giles.

Les quatre élèves hochèrent la tête. Giles esquissa un sourire.

— Un concept intéressant. Vos efforts sont appréciés à leur juste valeur. Je ne laisserai pas ma… Je serai vigilant et je garderai les yeux ouverts. C'est sûr, Mo Moon a une certaine influence sur moi. Merci.

Ils sortirent tous de la voiture, sauf Giles.

— Passez un bon week-end, recommanda Buffy. Et dormez un peu. Vous avez l'air épuisé.

Les Dingoes Ate My Baby jouaient au *Bronze*, ce

soir-là. Comme d'habitude, ils avaient rempli la salle. Le *Bronze* représentait *la* boîte des jeunes de Sunnydale. Buffy se souvenait de sa première visite… Seule, sans amis, errant au milieu du vacarme des flippers et du billard, cherchant quelqu'un à qui parler. C'était là qu'elle avait forgé son amitié avec Willow et Alex, et passé tant de soirées détendues.

Aussi détendues que pouvaient l'être les soirées d'une Tueuse.

— C'est peut-être une question de phéromones, avança Buffy en s'asseyant à une table avec Willow et Alex.

Oz s'échauffait avec le groupe, à l'autre bout de la salle.

— Quoi ? demanda Willow.

— Mo Moon n'est pas la seule à avoir des pouvoirs. Polly et Calli aussi en détiennent. D'après Cordélia, ce sont des démons femelles… Son opinion est peut-être un peu exagérée, mais il y a quelque chose, c'est sûr…

Buffy fit un signe de tête vers les Moon et un groupe de leurs fans.

Les deux sœurs brillaient dans la foule comme des étoiles dans la nuit.

— Ça fait presque une heure que je les observe. Ces filles sont flippantes.

— Cordélia ne se trompe pas ? s'étonna Willow. Elle aurait deviné quelque chose avant nous ?

— Les sœurs ont touché à son univers, dit Buffy. La popularité, l'élection de la Miss. Pour une fois, elle est connectée !

Willow hocha la tête.

— Les sœurs Moon ont peut-être autant d'amis parce que ce qu'elles disent n'est pas faux…

— Tu les approuves ? demanda Alex. Les femmes

ont raison, les hommes ont tort ? Les femmes sont bonnes, et les hommes mauvais ?

— Ce n'est pas si simple.

— Mais si ! dit Alex. Les hommes sont des abrutis, les femmes marchent sur l'eau. C'est un bon résumé…

— Attendez ! coupa Buffy. Ecoutez-moi ! Oubliez leurs discours ! Les sœurs ne ressemblent pas aux autres nouvelles recrues du lycée de Sunnydale. Telle mère, telles filles… Pourquoi pas ? Nos mères nous apprennent à nous coiffer. Mo leur a peut-être enseigné d'autres choses.

— Tu crois ? demanda Willow. Ouah !

Buffy but une gorgée de son *latte*.

— Oui. J'aimerais que vous m'aidiez à faire des recherches sur les effets des parfums sur le comportement humain. Je pense qu'il s'agit d'un processus biologique du type phéromone…

— Bien sûr, Buffy, approuva Willow. Pas de problème. Lundi, à la bibliothèque.

Un cri retentit et tout le monde se retourna.

Buffy bondit. Les clients du *Bronze* fonçaient déjà vers la porte.

— Que se passe-t-il ? demanda Alex.

— Je ne sais pas, répondit Buffy.

Elle se fraya un chemin dans la foule, Willow et Alex sur les talons.

Devant le *Bronze*, éclairés par la pâle lumière filtrant du club, deux groupes se faisaient face. L'un était composé d'excités vociférant. Leurs adversaires gardaient leur calme et souriaient.

Le groupe *calme* était dirigé par Polly et Calli Moon, accompagnées par Allison, Ashley Malcolm, quelques filles de l'élite, les deux lycéennes recrutées aux toilettes, plus d'autres que Buffy connaissait de vue, et quelques garçons désorientés.

Adossée au mur du *Bronze*, Cordélia regardait la scène, horrifiée.

— Cordélia, s'enquit Buffy en s'approchant d'elle. Que se passe-t-il ?

Cordy se mordit les lèvres. La guerre des sexes ! La scène l'horrifiait. Elle aimait les garçons. Elle les *adorait*. Bien sûr, elle s'en servait et les manipulait. Mais ils ne devaient pas être traités comme des extraterrestres. Ni être exclus de la vie quotidienne.

Ce n'était pas drôle. Du tout !

— Je l'ignore, Buffy. Demande-leur.

— Nous ne sommes pas concernées par vos problèmes, dit Calli, du ton d'un politicien en campagne. Nos opinions ne sont pas sujettes à débat. Vous comprendrez notre point de vue en temps et en heure. En attendant, nous irons ailleurs. Il est clair que nous ne sommes pas les bienvenues ici.

Elles désignèrent leurs T-shirts « Les femmes au pouvoir », se retournèrent et s'engagèrent dans la ruelle.

Ceux qui les avaient défiées restèrent sur place, grommelant et jurant.

— Vous ne venez pas ? demanda Anya à Buffy et à Cordélia. Ça vaut le coup, même si ce sont des mortelles. Je pourrais peut-être les convaincre d'embrasser la cause de quelques copines délaissées et de casser un peu de macho… Ça me ferait le plus grand bien. Mon Dieu, le bon vieux temps me manque…

— Pars devant, dit Buffy.

Polly Moon s'arrêta et ordonna aux garçons du groupe de rester au *Bronze*. Ils se regardèrent, baissèrent les yeux et obéirent.

Polly se retourna et se planta devant Willow.

— Willow Rosenberg, nous faisons une fête ce soir au *Grec Hilare*. Allison dit que nous pouvons nous en servir comme lieu de réunion, puisqu'on ne veut plus de nous nulle part. Nous aimerions que tu viennes.

— Moi ?

— Oui, toi !

— Eh bien… je ne suis pas du genre à vouloir jouer dans une équipe masculine. Déjà que je suis nulle dans les sports féminins…

— Nous célébrons tous les talents, assura Polly. Athlétiques, musicaux, artistiques, intellectuels. Tout ce qui est féminin. Nous admirons ton esprit.

— C'est vrai ?

— Oublie-les, Willow, tu nous as, rappela Alex.

La jeune fille hésita.

— Merci, mais je crois que je vais rester avec mes amis.

— Comme tu voudras, dit Polly. Mais sache que nous aimerions te compter parmi les nôtres ! Garde ça à l'esprit, d'accord ?

Elle lui fit un clin d'œil et courut rejoindre les autres.

Willow les regarda partir. La Tueuse se rendit compte que quelque chose la travaillait.

— Tu sais, Buffy, je pourrais peut-être les espionner. Aller avec elles, observer ce qu'elles font et ce qu'elles disent. Ce serait plus drôle que les recherches en bibliothèque. Je ne dis pas que je ne veux pas t'aider, mais j'obtiendrai des infos de première main. *Officielles.*

— Je ne suis pas sûre que ce soit une bonne idée…

— Si je me sens bizarre à cause du parfum, je m'en irai. De plus, je peux jeter un sort pour me protéger !

Je suis une sorcière, ne l'oublie pas ! Elles m'ont invitée, elles ne me soupçonneront pas !

— Willow...

— Tu ne me fais pas confiance ? Je suis un gentil petit génie en informatique, mais pas taillée pour être une espionne, c'est ça ?

— Non, bien sûr que non. Tu excelles dans bien d'autres domaines.

— Alors, j'y vais. Je te retrouve demain. Et ne t'inquiète pas, maman, tout ira bien. Tu peux m'appeler agent 99 !

Willow disparut à son tour dans la ruelle.

— Agent 99 ? répéta Buffy.

Alex haussa les épaules.

— Quand nous étions en primaire, je la forçais à regarder les rediffusions de *Max la Menace*... En échange, je jouais au docteur avec elle. Au *vrai* docteur, je veux dire. J'étais le patient et je devais l'écouter me lire des textes médicaux.

Buffy et Alex entrèrent au *Bronze* et écoutèrent le concert des Dingoes. Ils quittèrent la boîte pendant le dernier morceau. Aucun des deux ne voulait être présent pour expliquer à Oz que Willow avait préféré jouer à l'espionne plutôt que d'écouter les nouveaux airs de son petit ami.

Ils marchèrent au hasard quelques minutes.

— Tu crois que Willow s'en sortira ? demanda enfin Alex.

— J'espère. Elle est intelligente et elle a du bon sens. Mais ce n'est pas une très bonne sorcière. Enfin, c'est une *bonne* sorcière, puisqu'elle n'est pas la fée Carabosse. Mais pas efficace, parce qu'elle n'a pas eu beaucoup l'occasion de pratiquer. C'était clair ?

— Je ne sais pas. D'après toi ?

Buffy s'arrêta et renifla l'air. Son sang battit dans ses veines.

Alex s'immobilisa.

— Chut…

— Super, murmura la Tueuse. Des vampires ?

En effet, des vampires… Deux filles, qui descendaient le long du mur pour atteindre la ruelle. Leurs yeux brillaient comme des flammes. Atteignant le sol, elles se relevèrent avec une agilité surprenante. Puis l'une d'elles tira un grand filet de sous son manteau et en tendit une extrémité à sa compagne.

Elles sourirent et agitèrent le filet, comme deux pêcheurs démoniaques.

Buffy reconnut les mortes vivantes qui l'avaient attendue devant chez elle. Celles qu'elle avait affrontées le soir de l'abominable dîner au *Grec Hilare*. Le filet était dangereux : elle ne devait pas se laisser prendre, sinon il serait très difficile de s'en échapper.

— Viva ! lança Buffy en sortant trois pieux de son sac. Comme nous nous retrouvons ! Pourquoi n'êtes-vous que deux, ce soir ? Les autres ont eu peur de retourner à la poussière ?

Alex tira une croix de son blouson et la brandit.

— C'est quoi, le filet ? murmura-t-il.

— Elles veulent me capturer, pas me tuer, répondit Buffy. Elles font peut-être une chasse au trésor, et je vaux cent points.

Alex sourit.

— Je me demande combien je vaux ?

Buffy le regarda. Il serra plus fort sa croix.

Viva déroula la chaîne qu'elle avait autour de la taille et visa Buffy à la tête. Quand la Tueuse sauta de côté, la chaîne atteignit Alex, déchirant son blouson et lui entaillant l'épaule.

— Aïe ! cria-t-il.

Viva feula comme un fauve. Se rapprochant de Buffy, elle lui décocha un nouveau coup de chaîne, la visant au cou. Buffy sauta, mais la chaîne s'enroula autour de sa taille et lui plaqua un bras le long du corps. La Tueuse tomba comme une masse, se mordit la langue et faillit lâcher ses pieux.

— Buffy ! cria Alex.

Les vampires hurlèrent de joie. D'un mouvement du poignet, elles jetèrent le filet sur leur proie. De sa main libre, Buffy lança un pieu qui atteignit la partenaire de Viva à la poitrine. La vampire tomba en arrière et explosa avant de toucher le sol.

Viva grogna. Alex plongea et s'emmêla dans le filet avant d'atteindre Buffy. Il perdit l'équilibre et roula sur lui-même, s'entortillant dans les mailles.

Viva jeta un coup d'œil à Alex… puis fondit sur la Tueuse, toutes griffes dehors.

Buffy essaya de se dégager. Les deux autres pieux se trouvant dans sa main prise au piège, elle ne pouvait pas les lancer, ni les tourner dans la direction de Viva.

Quand la vampire lui sauta dessus, Buffy frissonna à cause de son haleine fétide et de sa chair glacée. Elle se retourna, fit basculer Viva et sentit la chaîne se détendre.

— Alex ! cria-t-elle. Viens vite ! J'ai besoin de toi !

— Je suis plutôt pris, pour l'instant !

Buffy se libéra, mais Viva lui enfonça son genou dans l'estomac et sauta en arrière.

La Tueuse reprit son souffle, se releva et pointa un pieu vers la vampire.

Un cri retentit derrière Viva. Buffy aperçut deux vampires mâles qui se précipitaient dans leur direction. Son adversaire les entendit et regarda par-dessus son épaule avec une expression qui ressemblait fort à de la colère.

— Je m'en occupe ! Cassez-vous !

Les vampires s'arrêtèrent net et la regardèrent, surpris.

— T'occuper de quoi ? demanda l'un d'eux. Nous allons t'aider à occir la Tueuse !

— Non ! cria Viva. Je dois la capturer !

Buffy tendit l'oreille.

— Pas question, Viva, dit l'autre mort vivant. Elle nous tue, nous la tuons, c'est comme ça depuis la nuit des temps.

— Taisez-vous ! Ce sont les Moon ! Nous avons besoin d'elle pour les arrêter.

Pourquoi une vampire s'inquiète-t-elle de la famille Moon ? se demanda Buffy.

— Ouais, ouais, on a entendu des rumeurs… Personne ne te croit, Viva.

— Vous devriez ! Je sais de quoi je parle, je l'ai vécu…

Buffy n'avait pas assisté à une engueulade entre vampires depuis belle lurette… Mais on s'en lassait vite. Elle lança un pieu sur un des deux types, qui le reçut entre les côtes et se transforma en poussière. L'autre lui bondit dessus, mais Buffy se baissa et lui décocha un coup de pied dans la mâchoire. Il se retrouva à quatre pattes, sonné.

— Le filet ! cria Viva.

Buffy enfonça son dernier pieu dans la poitrine du vampire. Viva cria quand le mort vivant s'évapora.

Buffy se tourna vers elle.

Il faut que je la maîtrise, que je la force à me dire la vérité au sujet des Moon…

Mais la vampire s'était éclipsée. Buffy eut beau sonder la ruelle du regard, Viva avait disparu.

Une fois de plus.

— Hé ! lâcha Alex.

Buffy se retourna. Il était encore ligoté, la croix sur sa poitrine, tel un moine pénitent en plein acte de contrition.

Elle le dégagea du filet et l'aida à se relever.

— Merci, Buffy. Que ferais-je sans toi ?

— Tu ne tuerais pas de vampires...

Buffy remit les pieux dans son sac à dos, songeuse. Pourquoi une vampire craindrait-elle des mortelles ? A moins que les Moon n'en soient pas...

CHAPITRE VI

De retour chez elle, Buffy décida d'appeler Willow. Joyce travaillait tard et la maison était déserte. Deux cookies à la main, la jeune fille s'assit à la table de cuisine et composa le numéro.

Alex l'avait accompagnée au *Grec Hilare* après l'attaque des vampires : ils n'y avaient trouvé personne. Malgré l'heure tardive, Buffy voulait être sûre que son amie était rentrée saine et sauve.

Willow répondit à la quatrième sonnerie.

— Allô ?

— Coucou, Willow. Alors, la fête au *Grec Hilare* ?

— Eh bien, les nouvelles vont vite… Je suis rentrée il y a moins d'un quart d'heure.

— Oh. (La voix de Willow semblait normale. Elle allait sans doute bien, ce qui n'empêcha pas Buffy d'insister :) Alors ? Que s'est-il passé ? Qui était là ? Tu te sens bien ? Assommée ? Malade ? As-tu recouru à un rituel de préservation ?

— Buffy, on dirait la police ! « Allez, ma petite dame, mettez-vous à table… »

— Désolée… Mais j'ai besoin de savoir. Tu t'es trouvée à proximité des sœurs Moon. Alors ?

— Alors quoi ?

— Tu te sens… comme d'habitude ?

Le rire habituel de Willow se diffusa dans le combiné, doux et un peu rauque. Elle paraissait égale à elle-même.

— Tout va bien, je te jure. Personne ne m'a remarquée, tu me connais, mais le groupe était sympa. Les Moon sont passionnées par les revendications d'Allison et d'Ashley… Plus un tas d'autres trucs, comme les miroirs des toilettes.

— Les miroirs des toilettes ?

— Tu sais, quand les toilettes des filles sont occupées et qu'elles sont toutes là à se recoiffer et à se remaquiller. On n'arrive plus à se voir dans la glace, alors on devrait obtenir le droit d'utiliser les miroirs des garçons…

— Heu… je n'y avais jamais pensé…

— Bonne idée, pas vrai ? Mais je n'ai rien remarqué d'inquiétant. Elles ne contrôlent pas les esprits… Je vais bien, Allison va bien, Calli et Polly ne sont pas dangereuses… Crois-moi.

— Tout à l'heure, je me suis battue avec une vampire qui semblait terrorisée par les sœurs Moon… Raison inconnue.

— Elle est peut-être jalouse. Les Moon sont jolies et très douées. Ce n'est pas le cas des vampires.

— Je ne sais pas… L'intérêt de la morte vivante semblait… particulier.

— Les vampires sont particuliers, Buffy, rappela Willow en imitant la voix sentencieuse de l'Observateur.

— Demain, c'est samedi. On passera voir Giles pour lui parler du vampire et de ta mission d'espionnage, puis on ira faire du shopping. D'accord ?

— Désolée, j'ai des trucs à faire.

— Plus importants que le shopping ? Quoi ?

— Des trucs…

— Dimanche, alors ?

— Je ne peux pas… Je participerai à la manif. Il faut que je m'occupe des vêtements… Dimanche soir, on se retrouve toutes au restaurant pour se préparer psychologiquement… J'ignore ce que ça veut dire, mais ça sonne bien, non ?

— Willow… La *manif* ?

— Bonne nuit, Buffy ! A lundi !

— Willow… Bonne nuit, articula Buffy.

Son amie avait déjà raccroché.

Le samedi, la Tueuse passa à l'appartement de Giles pour s'entraîner. Elle avait enfilé un short et un T-shirt et portait une queue-de-cheval.

Giles déplaça ses meubles pour faire de la place. Ils travaillèrent avec des chaînes et un filet. Un seul cadre fut brisé pendant la séance.

L'Observateur félicita Buffy de la prudence dont elle avait fait preuve avec Viva, le soir précédent.

— Je vais demander à Angel de se dépêcher, ajouta-t-il. Je veux que quelqu'un mène l'enquête de l'intérieur… A moins que tu ne puisses tuer cette vampire…

— J'aimerais qu'Angel revienne… Mais je vais trouver Viva, apprendre ce qu'elle veut, ce qu'elle sait, puis l'éliminer. Pas de lézard ! Willow a passé la soirée avec les sœurs Moon. Elle est allée les espionner…

— Pourquoi ? demanda Giles en se versant une tasse de thé.

Il en proposa à Buffy, qui refusa.

— Parce qu'elles ne sont pas nettes. Naturel ou surnaturel, je l'ignore, mais ces filles exercent un contrôle sur les autres. Les adolescentes qui font partie du groupe sont devenues impolies et agressives... Et les garçons qui les accompagnent sont de vraies carpettes.

— Buffy... Je t'ai dit de ne pas perdre ton temps avec ces idioties... Si tu ne te concentres pas sur le problème en cours, tu n'iras pas loin...

Le téléphone sonna. Giles décrocha.

— Allô ?

Son visage et sa voix s'adoucirent aussitôt.

— Bonjour à vous aussi... Oui, je suis heureux de vous entendre. Un instant, s'il vous plaît... (Il se tourna vers Buffy.) Nous avons fini ?

— Bien sûr.

Buffy fila vers la porte sans dire au revoir. Giles avait l'air trop heureux pour être dérangé.

Peut-être un ami d'Angleterre. Ou un parent, se dit-elle en sortant.

Ou Mo Moon.

Non, il a promis, pensa-t-elle en remettant ses lunettes noires pour ne pas être éblouie par le soleil. *Et Giles tient ses promesses.*

La Tueuse passa le reste de la journée à partager en deux piles les brochures des universités... Les endroits qui avaient l'air cool et ceux où elle n'irait pas, même les pieds devant.

Le soir, Buffy patrouilla sans connaître autre incident qu'une fausse alerte quand un gros chien sauta d'une haie et la fit tomber.

Le dimanche, elle alla faire les courses avec sa mère, puis l'aida à réunir les documents nécessaires à leur déclaration d'impôts. Joyce devait passer l'après-midi à l'Association des petites entreprises. Buffy se fit un sandwich qu'elle mangea seule dans la cuisine. Au coucher du soleil, elle reprit son sac et partit en patrouille.

Willow avait parlé d'une réunion au *Grec Hilare*, le soir. Buffy ignorait de quoi il s'agissait, mais la curiosité la poussa dans cette direction.

Comme les sœurs Moon, elle repéra le restaurant à l'odeur. Ça sentait le pain brûlé, le fromage rance et un mélange d'épices qui retourna le cœur de la Tueuse. La cuisine de M. Gianakous ne s'était pas améliorée.

De la musique montait du restaurant, ainsi que des voix joyeuses. Buffy se colla le nez contre la vitre. Gianakous avait rénové la salle pour noces et banquets, abattant un mur afin que les membres du club puissent tenir.

Tout le monde était là : Allison, Ashley, maman Moon elle-même…

Quand Buffy s'agenouilla pour ne pas être vue, son genou effleura un chewing-gum écrasé sur le trottoir. Elle grimaça, puis se concentra sur la scène. Pourvu que Willow ne soit pas là… Elle n'avait pas besoin de participer à toutes ces bêtises…

Hélas, elle était présente, se joignant à la chanson que Polly avait entonnée d'une voix étonnamment belle.

Buffy possédait de nombreux talents, mais elle ne savait pas lire sur les lèvres. Impossible de comprendre les paroles. Seule une succession de sons, tels « Ouuuuaaaaa… Ouuuuaaaa… », parvenait à ses oreilles.

Comme un rire mélodieux et maléfique.

Le lendemain, au lycée, Willow portait le T-shirt « Les femmes au pouvoir ! ». Elle vint voir Buffy devant les casiers pour lui montrer sa nouvelle acquisition.

— Tu aimes ? Il n'est pas génial ? Je me sens... je ne sais pas, moi, spéciale !

Buffy prit son amie par le bras.

— Tu es déjà spéciale, Willow. Inutile qu'un groupe de... que quelqu'un te dise quoi porter.

— Mais elles ne m'ont rien dit ! J'aime ce T-shirt ! Tu n'es pas heureuse que des filles dans le coup m'acceptent enfin ? C'est injuste !

— Ça n'a aucun rapport ! Je n'aime pas les sœurs Moon... Nous ne devons prendre aucun risque avant d'en savoir plus.

— Tu ignores de quoi tu parles.

— Si ! Je vous ai vues par la fenêtre, la nuit dernière. Chanter et psalmodier... Vu de l'extérieur, ça me tordait déjà les tripes.

Willow ne sembla pas choquée que Buffy l'ait espionnée.

— Tu ne peux pas comprendre si tu n'as pas essayé, dit-elle avec un petit rire. Nous adorerions que tu nous rejoignes, Buffy !

— Salut !

Oz apparut au bout du couloir. Sa barbe de deux jours lui donnait un petit air d'Indiana Jones.

— Génial, grommela Willow, sarcastique.

— Salut, Buffy ! lança Oz en posant un bras sur les épaules de Willow, qui le repoussa aussitôt.

— Ne fais pas ça ! gronda-t-elle.

Oz et Buffy la regardèrent, étonnés.

— Depuis quand ? demanda enfin Oz.

— Depuis quand je veux ! Je n'attends rien de toi, et surtout pas un geste symbolique de ton désir de possession !

Oz fit un pas en arrière, livide. Buffy ne l'avait

jamais vu ainsi ; elle ignorait qu'il était capable d'un tel désarroi.

— Qu'est-ce que tu as ? demanda-t-il après un long silence. Et où est ton bracelet ? Celui que tu as reçu pour ton anniversaire ? Je croyais que tu ne l'enlevais jamais.

— Tout va bien, le coupa Willow. Et j'ignore où est passé le bracelet… Désolée. (Son sourire habituel réapparut.) Bon, à tout à l'heure !

Elle descendit le couloir, ses cheveux auburn flottant sous son bonnet bleu.

Oz se tourna vers Buffy.

— Elle a un problème ?

— Je ne suis sûre de rien. Mais j'ai des soupçons. Je ne les laisserai pas intoxiquer Willow. Je vais découvrir ce qui se passe…

— Ne te fais pas tuer. On ne pourrait rien sans toi.

— Ouais, dit Buffy, le cœur lourd à l'idée que les Moon lui aient volé *sa* Willow. J'imagine…

Les phéromones.

C'était la clé, forcément.

Après le déjeuner, Buffy décida de sécher son cours pour aller avec Alex faire des recherches à la bibliothèque. Sans les talents informatiques de Willow, ce serait plus difficile, mais elle devait essayer.

Elle en avait entendu parler des phéromones en classe de biologie. Les insectes les utilisaient pour s'attirer. Ils pouvaient influencer la conduite de leurs congénères grâce aux odeurs sécrétées par leurs abominables petits corps. Les Moon affectaient peut-être les filles qui les fréquentaient à travers leur parfum ? Tout était possible. D'ailleurs, Sunnydale se trouvait sur la Bouche de l'Enfer.

CONTINUEZ À VOUS FAIRE PEUR AVEC BUFFY EN 2001 !

En exclusivité dans ce supplément :
découvrez les nouveaux
personnages de la saison 4

TÉLÉ POCHE

FLEU VE NOIR

Ce supplément vous est offert par Fleuve Noir et Télé Poche

Buffy
CONTRE LES VAMPIRES
™

LES ROMANS

d'après la série télé créée par Joss Whedon

PRIX DES ROMANS : € 4,57 (30 FRF)
ET € 5,34 (35 FRF)

NOUVEAUTÉS

GRAND FORMAT
€ 13,57
(89 FRF)

Buffy, c'est 19 titres déjà parus et un rendez-vous par mois.

... à suivre

C'EST LE MOMENT DE SAVOIR SI VOUS ÊTES À JOUR DANS VOS BUFFY... ET DANS VOS ANGEL !

LES GUIDES

À PARAÎTRE EN MAI

AVEC LES
PHOTOS DU
TOURNAGE

€ 18,14
(119 FRF)

€ 18,14 (119 FRF)
(PRIX DONNÉ À TITRE INDICATIF)

€ 4,57
(30 FRF)

ANGEL™

LES ROMANS

Ouvrages disponibles en librairies, super-hypermarchés, maisons de la presse...

FLEUVE NOIR

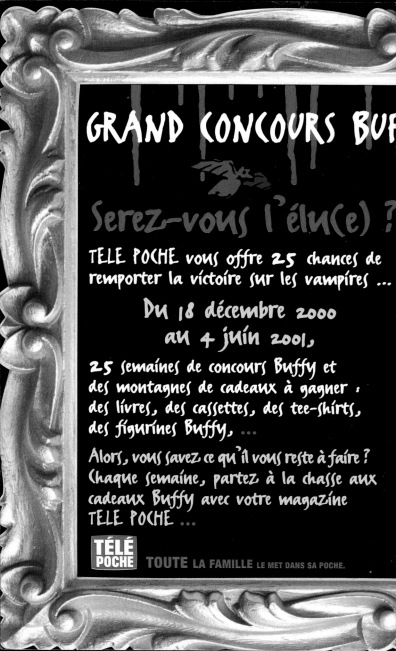

GRAND CONCOURS BUF

Serez-vous l'élu(e) ?

TELE POCHE vous offre **25** chances de remporter la victoire sur les vampires ...

Du 18 décembre 2000
au 4 juin 2001,

25 semaines de concours Buffy et des montagnes de cadeaux à gagner : des livres, des cassettes, des tee-shirts, des figurines Buffy, ...

Alors, vous savez ce qu'il vous reste à faire ? Chaque semaine, partez à la chasse aux cadeaux Buffy avec votre magazine TELE POCHE ...

TÉLÉ POCHE **TOUTE** LA FAMILLE LE MET DANS SA POCHE.

 FY 2o**o1** DANS **TÉLÉ POCHE**

● **DES ROMANS**

● **DES CASSETTES**
● **VIDÉO**

● **DES TEE-SHIRTS**

DES FIGURINES

FLEU VE NOIR

Marc Blucas

NÉ LE : 11 janvier 1972 en Pennsylvanie, États-Unis.

SIGNE ASTROLOGIQUE : Capricorne.

SON PERSONNAGE : Riley Finn, un haut membre de " L'Initiative ". S'il prétend être étudiant à la fac de Sunnydale, Riley fait en réalité partie de l'équipe de " L'Initiative ". Comme Buffy, le jeune homme doit donc mener de concert son emploi du temps d'étudiant et ses missions nocturnes pour le compte de l'organisation secrète. Côté cœur, Riley va avoir un véritable coup de foudre pour la Tueuse.

SES QUALITÉS : la générosité, le sens de l'humour, la rigueur dans son travail.

SES DÉFAUTS : quelquefois un peu trop sûr de lui.

CE QU'IL AIME : la ville de Los Angeles et le basket-ball. Lorsqu'il n'est pas en tournage, Marc Blucas arbitre les matchs de la ligue de basket junior de Los Angeles.

SES DÉBUTS : après une année de basket-ball professionnel, Marc Blucas a commencé sa carrière d'acteur dans le film " Eddie ", aux côtés de Whoopi Goldberg.

CÔTÉ CŒUR : célibataire.

James Marsters

NÉ LE : 20 août 1969, en Californie, États-Unis.

SIGNE ASTROLOGIQUE : Lion.

SON PERSONNAGE : Spike, le chef de la bande des vampires de Sunnydale. Après avoir mené mille et un combats sans merci contre Buffy au lycée de Sunnydale, Spike se retrouve contraint de faire équipe avec la Tueuse et ses amis. Capturé par les membres de " L'Initiative ", le vampire a en effet été utilisé comme cobaye par le professeur Walsh, qui lui a ôté ses prédispositions au vampirisme.

SES QUALITÉS : décontraction, sens de l'humour.

SES DÉFAUTS : très bavard et parfois un peu désinvolte.

CE QU'IL AIME : jouer de la guitare, regarder des matchs de football américain, passer ses après-midi à la plage avec ses amis.

SES DÉBUTS : James Marsters a commencé sa carrière sur les planches dans la pièce de théâtre " The Tempest ".

CÔTÉ CŒUR : célibataire.

Buffy contre les vampires

Anya

NÉE LE : 8 avril 1973, en Californie, États-Unis.

SIGNE ASTROLOGIQUE : Bélier.

SON PERSONNAGE : Anya Emerson, la petite amie d'Alex. C'est dans la peau d'une créature démoniaque qu'Anya fait son arrivée à Sunnydale. Après avoir jeté un sort aux habitants de la ville, Anya retrouve son âme humaine grâce à Giles. Condamnée à rester sur Terre, la jeune femme tombe amoureuse d'Alex, avec qui elle va vivre une véritable histoire d'amour.

QUALITÉS : Sérieuse et travailleuse.

DÉFAUTS : Manque parfois de spontanéité.

CE QU'ELLE AIME : La psychologie, passer du temps avec son mari.

SES DÉBUTS : Emma a fait ses débuts d'actrice à la télévision en participant ponctuellement à plusieurs séries, comme "Les dessous de Palm Beach", "Le Rebelle", ou encore "Sauvés par le Gong". Elle obtient son premier rôle récurrent dans "Beverly Hills" en 1995.

CÔTÉ CŒUR : Emma est mariée à Joe Rice, un agent artistique.

Eliza Dushku

NÉE LE : 30 décembre 1980, à Boston, États-Unis.

SIGNE ASTROLOGIQUE : Capricorne.

SON PERSONNAGE : Faith, Tueuse de vampire. Alliée de Buffy dans son combat contre les vampires, Faith devient très vite sa rivale à tous les niveaux. Côté mission, Faith abandonne la lutte contre les vampires et choisit la cause des forces du mal en s'alliant à Richard Wilkins, le Maire de Sunnydale. Côté amour, elle va également tout mettre en œuvre pour séduire Angel. Sans succès.

SES QUALITÉS : modeste et réaliste.

SES DÉFAUTS : manque parfois de confiance en elle.

CE QU'ELLE AIME : la musique, le hockey sur glace, les voyages, la danse, les sorties en famille ou entre amis.

SES DÉBUTS : Eliza Dushku a débuté sa carrière à l'âge de 12 ans, grâce à un rôle dans le film " That night ".

CÔTÉ CŒUR : célibataire.

Buffy contre les vampires

Sarah Michelle Gellar

NÉE LE : 14 avril 1977, à New York, Manhattan

SIGNE ASTROLOGIQUE : Bélier.

SON PERSONNAGE : Buffy Summers, une lycéenne américaine de 16 ans. Dotée de pouvoirs exceptionnels, la jeune Buffy fait partie des Élus, c'est-à-dire des quelques êtres humains capables de combattre les vampires. L'adolescente doit donc mener de front sa vie de lycéenne et sa lutte nocturne contre les forces du mal dans la petite ville de Sunnydale, en Californie. Une tâche difficile, dans laquelle la Tueuse est aidée par Giles, son observateur, et ses deux meilleurs amis, Alex et Willow. Côté cœur, Buffy va vivre d'abord une intense histoire d'amour avec Angel, un séduisant et charismatique vampire, avant de tomber dans les bras de Riley Finn, un membre de l'organisation secrète "L'Initiative ".

SES QUALITÉS : l'indépendance et la maturité.

SES DÉFAUTS : quelquefois un peu trop discrète sur sa vie privée.

CE QU'ELLE AIME : le shopping, faire du patin à glace et de la plongée, manger des pâtes.

SES DÉBUTS : repérée dans un restaurant, Sarah Michelle Gellar a fait ses débuts d'actrice à l'âge de quatre ans dans le film "An invasion of privacy".

CÔTÉ CŒUR : Sarah Michelle Gellar vit actuellement avec Freddie Prinze Jr, un jeune acteur américain.

Buffy contre les vampires

TÉLÉ POCHE

3 AILES

Willow ne mangea pas avec Buffy et Alex. Elle s'attabla avec les sœurs Moon et les autres, affublées du même T-shirt. Les garçons qui les accompagnaient agissaient comme des zombies, courant chercher des serviettes, de la nourriture et des boissons au moindre battement de cils de ces demoiselles.

Buffy fit de son mieux pour avaler son *bagel*, mais son esprit était ailleurs. Elle étudiait le groupe, cherchant à interpréter les mouvements, les expressions, les quelques phrases qui flottaient jusqu'à ses oreilles.

N'importe qui n'y aurait vu qu'un rassemblement de lycéennes dotées de quelques petits amis plats et serviles et aux T-shirts racoleurs.

Maman Moon arriva dans la cafétéria, accompagnée de l'entraîneur de base-ball. Elle était habillée comme pour un conseil d'administration : tailleur bleu marine et coiffure stricte, et arborait des boucles d'oreilles bien plus discrètes que celles de ses filles. L'entraîneur et elle se trouvaient plongés dans une conversation animée ; ils marchaient bras dessus, bras dessous, et le type avait l'air ravi.

— Tu sais, dit Buffy à Alex, maman Moon n'est pas aussi parfumée que ses filles... Tu sens quelque chose ?

— Nan, lâcha Alex, la bouche pleine de frites.

— Peut-être porte-t-elle quelque chose de plus subtil ? Elle a réussi à influencer Giles. Elle s'attaque aux professeurs... Les adultes n'ont sans doute pas besoin d'une dose si forte. Une question d'âge...

— Peut-être. Mais je ne sens pas non plus Calli et Polly. J'ai un rhume et mon nez est bouché.

— Tant mieux !

Le déjeuner fini, Alex et Buffy se dirigèrent vers la

bibliothèque. Quand ils passèrent devant le bureau du proviseur, Cordélia les rejoignit, paniquée.

— D'accord ! fit-elle en levant les mains pour empêcher ses amis de prononcer un mot. Vous avez des yeux ? Vous voyez ? Vous êtes conscients de ce que ces démons femelles préparent ? Elles ont pris Willow sous leur aile ! Willow va faire partie du groupe ! Je veux dire, sans vous offenser... *Willow !* C'est ridicule !

— Tu ne nous offenses plus beaucoup, soupira Buffy.

— Je savais qu'elles allaient saboter la fête... Mais personne ne m'a écoutée ! Polly, Calli et sa mère ont convaincu Wayland Enterprises d'annuler le concours de maillots de bain. Elles claironnent que c'est dégradant ! Vous y croyez ? J'allais partir à Hawaii !

— Nous sommes d'accord avec toi, dit Buffy. Pas vraiment pour le concours de maillots, mais...

— Je te soutiens totalement pour le concours, Cordélia, coupa Alex.

— Mais pour ce qui est des sœurs Moon, continua Buffy, elles m'inquiètent. Tu veux nous aider ? Nous séchons un cours pour faire des recherches...

— Bien sûr ! Je ne trouve jamais rien, mais je prends des notes.

— C'est parti ! conclut Buffy.

La bibliothèque était ouverte et les lumières allumées.

Ils appelèrent, mais Giles ne répondit pas.

Mo Moon, si.

Elle sortit du bureau, tout sourires.

— Bonjour, Buffy !... Et voilà tes amis ?

— Alex et Cordélia, annonça la Tueuse, avec la désagréable impression qu'elle n'aurait pas dû mentionner leurs noms. Nous cherchons M. Giles... Il doit

nous aider à trouver quelque chose sur l'ordinateur…
Où est-il ?

— Dans son bureau, noyé sous la paperasse, j'en ai peur.

Buffy s'avança. Giles se trouvait bien là, feuilletant un catalogue. On aurait dit qu'il était en transe.

— Giles ? appela Buffy.

Il leva les yeux, puis les reposa sur le catalogue.

Un frisson courut le long de l'échine de la Tueuse. Elle retourna vers ses amis.

— Je serais ravie de vous aider, susurra Mo Moon.

Elle s'approcha. Les trois lycéens reculèrent.

Pas très discret, mais comment faire autrement ?

— Non, on se débrouillera, assura Alex en regardant autour de lui. Je suis certain que vous avez d'autres chats à fouetter… Nous sommes des pros de l'ordinateur.

Il jeta un coup d'œil à Buffy. Le mensonge du siècle. Ils étaient nuls ! C'était Willow qui assurait.

— Vous ne me dérangez pas du tout ! affirma Mo Moon en allant s'installer devant l'ordinateur de sa démarche élégante habituelle. (Elle posa les doigts sur le clavier.) Alors, que cherchez-vous, mes jolis ?

Mes jolis ? Crève ! fulmina Buffy.

Il fallait qu'ils filent à la bibliothèque municipale où ils ne seraient pas espionnés. Ensuite…

— Les insectes, annonça Alex. Ce truc gluant et puant qu'ils sécrètent. Tu appelles ça comment, Buffy ?

La Tueuse le foudroya du regard… Mo avait déjà trouvé.

— Les phéromones. Vous préparez un exposé sur les arthropodes ?

— C'est ça, grommela Buffy. Les sciences naturelles. Les arthropodes. Les odeurs. Les insectes qui puent.

Mo tapait aussi vite que Willow. Quelques instants plus tard, elle imprima une série d'articles sur les phéromones pendant que la Tueuse et ses amis se dandinaient d'un pied sur l'autre.

Mo Moon tendit les documents à Buffy en souriant.

— Autre chose ?

— Non, dit la jeune fille en glissant les articles dans son sac à dos. Parfait. Merci.

Les dents serrées, elle ressortit dans le couloir, Alex et Cordélia sur les talons.

— Ça nous sera aussi utile qu'une bicyclette à un poisson. J'avais besoin de renseignements sur les phéromones de synthèse... Les phéromones qui permettent de contrôler les autres d'un coup de pschitt-pschitt.

— On trouvera peut-être quelque chose, avança Alex.

Ce ne fut pas le cas. Buffy lut la documentation réunie et ne découvrit rien d'intéressant... Sinon que les parfums n'attiraient pas les humains du sexe opposé, contrairement à une croyance répandue. L'odeur artificielle qui excitait le plus les humains était celle des petits pains à la cannelle.

Après le cours, Buffy s'aperçut en passant devant le foyer que la guerre des sexes déclenchée par les sœurs prenait un tour catastrophique. Une nouvelle feuille avait été placardée sur celle d'Allison.

« Les hommes contre les femmes ! Pétition pour permettre aux hommes de participer au concours de Miss Lycée de Sunnydale ! »

Bien sûr, les signatures affluaient.

CHAPITRE VII

Buffy se laissa tomber sur la chaise de la cuisine.

— Tu vas bien, chérie ? s'enquit Joyce.

Elle regarda dans le réfrigérateur, s'interrogeant sur la préparation du repas.

— Ça boume, soupira Buffy. Je suis juste fatiguée.

Elle se sentait nerveusement à bout. En bien plus mauvais état qu'après une bagarre contre des vampires…

Alex et elle – Cordélia s'étant rendue à une réunion après les cours – avaient passé deux heures à la bibliothèque municipale, à chercher des renseignements sur les phéromones, aidés par un bibliothécaire trop enthousiaste. Ils étaient repartis avec des articles sur les odeurs animales, naturelles et artificielles.

Rien d'intéressant.

— Buffy ? répéta Joyce. Une pizza te remonterait peut-être le moral. Ça te dit ?

— Comme tu veux… Ne t'inquiète pas, je vais bien.

Réfléchis ! Willow est sous l'influence des sœurs Moon… Comme Giles. Je dois les éloigner avant de résoudre le problème et de détruire la source de leur pouvoir…

Le lendemain, elle avait l'intention d'aller à la

bibliothèque de l'université de Crestwood. Il y aurait sans doute plus d'informations... et elle trouverait bien des professeurs de zoologie ou de mythologie caco-chymes ne demandant qu'à partager leurs connaissances.

Mais tout de suite, que puis-je faire ? Les enfermer et jeter la clé ?

Le téléphone sonna. Buffy décrocha avant sa mère.

— Allô ?

Willow...

— C'est quoi, ton problème, Buffy ? Ça t'ennuierait de me le dire ? J'ai tellement honte ! Dis-moi ce qui se passe !

Attention, pensa Buffy. *Ne raconte pas n'importe quoi...*

— La journée a été longue, désolée. Je ne vois pas ce...

— C'est ta faute ! Ta faute ! Tu ne joues pas le jeu...

— Je... Vraiment ?

— Tu restes à ta table pendant le déjeuner, tu ne viens pas avec nous dans les couloirs, tu n'as pas signé la dernière pétition d'Ashley, ni celle sur le miroir des toilettes, ni celle qui exige une gardienne et non un gardien... Les hommes n'ont aucune notion d'hygiène ! N'es-tu pas fière d'être une femme ?

— Une seconde, fit Buffy en baissant la voix.

Willow avait beau être sous influence, elle ne lui laisserait pas dire des choses pareilles.

— Willow, j'ai toujours été fière d'être qui je suis. Ou plus exactement : je réussis à l'être... Mais je n'ai pas envie de nager dans le parfum bon marché et d'avoir pour seul sujet de conversation le pouvoir absolu des nanas. Ça ne veut pas dire que je ne me sens pas bien dans ma peau de femme…

— Buffy ? demanda Joyce.

Elle devait suivre la conversation.

— Peut-être, insista Willow, mais nous avons parlé de toi, tu sais… Cet après-midi au *Grec Hilare*. Il est temps que tu rejoignes notre programme, que tu portes notre T-shirt et que tu exiges de jouer dans une équipe de garçons…

— Willow, tu devrais t'entendre…

— Je m'entends très bien. Demain, nous t'attendons pour déjeuner. Au revoir !

Buffy se tourna vers sa mère. Joyce connaissait la vérité sur la Bouche de l'Enfer, mais elle ignorait jusqu'où l'étrangeté de Sunnydale pouvait aller.

— Une guerre des sexes… Imagine un peu. Les choses vont mal au lycée. Il y a des bagarres tous les jours… Willow est mêlée à ça.

— Mauvais, commenta Joyce.

— Et comment ! Un petit groupe de filles a décidé de prendre le contrôle du lycée et de le faire tourner à leur manière. Elles écrasent tous ceux qui se mettent en travers de leur chemin. Polly et Calli les dirigent… Elles veulent être les princesses… les impératrices, les déesses… Bref, ça me répugne.

— Et le proviseur Snyder, que fait-il ?

— Rien, à part quelques déclarations, ce matin… Il pense sans doute que ça passera.

— Je devrais peut-être protester officiellement, en tant que parent d'élève…

— Ça n'arrangerait rien…

— Ah, vraiment ? Je suis une mère célibataire très

prise par son boulot, mais je ne veux pas qu'on croie que je ne me remue pas pour ma fille…

— Je n'ai jamais dit ça…

— Non.

— Papa l'a dit ?

— Pas en ces termes.

— Maman, je n'aurais pas dû t'en parler… Ne t'inquiète pas, tout ira bien. (Elle fit de son mieux pour sourire. Elle ne voulait pas que sa mère se mêle d'une histoire dangereuse.) Ça va se calmer… J'espère…

— Je ne sais pas, dit Joyce. (Elle prit une grande inspiration.) A propos de ton père, il faut se décider… Le défilé mère-fille ou la randonnée avec lui… C'est dans deux semaines !

Buffy esquissa une moue boudeuse. Voilà la dernière chose dont elle avait envie de parler. Elle était fatiguée de prendre parti, et résolut donc d'ignorer le problème.

— Pourrais-je inviter Willow à dîner, demain soir ? Je sais que tu travailles tard, mais je préparerai quelque chose de simple… Je veux me réconcilier avec elle. D'accord ? J'inviterai Giles aussi, c'est un excellent médiateur…

Joyce ne fut pas dupe.

— D'accord, Buffy. Je dis : oui. Mais bientôt, il faudra que *tu* dises oui aussi à l'un de tes parents… Entendu ?

— Bien sûr, sans faute.

En réunissant Giles et Willow, et en leur parlant sans influence extérieure, elle arriverait peut-être à leur faire entendre raison. Un peu.

Et si ça ne marche pas, retour au plan A : les boucler et jeter la clé.

A la deuxième pause, le matin suivant, Alex rattrapa Buffy devant les casiers. Elle avait assisté à deux cours pour être marquée présente et comptait partir pour l'université de Crestwood. Oz et Alex devaient la rejoindre avec le van, une fois les pneus regonflés, après un passage à une station-service.

Buffy aurait pu les attendre. Mais elle avait envie de marcher et d'être un peu seule.

— L'attitude de Willow commence à me porter sur les nerfs, grogna Alex. Tu l'as vue aujourd'hui ? On dirait une louve dans une meute de… de louves, bon Dieu ! Elle a refusé d'adresser la parole à Oz, elle me traite comme un chien. Et elle te snobe…

— Je sais… Mais elle a accepté mon invitation à dîner. Giles aussi. J'ai dû lui raconter qu'il s'agissait d'une fête-surprise pour célébrer l'arrivée de Mo Moon à Sunnydale, mais il a accepté. A la maison, sans rien qui rappelle les Moon, je réussirai à leur parler…

Alex détourna la tête, morose.

— Nous allons les tirer de là, Alex ! Cet après-midi, nous aurons peut-être réuni assez d'informations pour agir. Maintenant, efface cet air coupable de ton visage, tu vas nous faire repérer à cent mètres !

— Si nous ne trouvons pas le fin mot de l'histoire, grommela-t-il en claquant la porte du casier de Buffy, nous devrons attirer les Moon dans le gymnase et leur flanquer la raclée du siècle.

Ouais, pensa Buffy.

Ouais, voilà une idée qui me plaît, se dit-elle en sortant du bâtiment principal. *Dès que nous saurons à qui nous avons affaire, je crois que je me défoulerai un grand coup...*

Buffy passa derrière le lycée et traversa le terrain de sport. Sentant le souffle d'une brise tiède et la chaude caresse du soleil sur son visage, elle ferma les yeux.

Si cet instant pouvait durer toujours...

Si les choses redevenaient simples quelques secondes...

Buffy, aide-moi... !

La Tueuse rouvrit les yeux.

Au début, elle ne vit rien d'anormal... Rien que le terrain et les gradins, plus loin à sa gauche.

Personne.

Les ombres des arbres s'étendaient sur l'herbe.

Puis elle aperçut... Une étincelle, sous les gradins...

Une agitation confuse.

Buffy courut vers la structure en béton et se pencha, aux aguets.

Sous les gradins se découpaient deux silhouettes, à l'endroit où les ombres étaient les plus profondes. Puis l'étincelle s'alluma de nouveau... Des bijoux, des bijoux de prix.

Buffy rampa sous la structure.

Là... Polly Moon se tenait penchée sur un garçon... Adam Shoemaker, de l'équipe de natation. Polly lui enserrait le cou, lui griffant la peau en psalmodiant. Le sang coulait.

Buffy accéléra sa progression : malgré sa beauté, le chant de Polly lui donnait la nausée.

Polly enfonça le visage d'Adam dans une flaque et l'y maintint. Le pauvre garçon se débattit, ses mains battant l'air.

Polly possédait donc une telle force ? Les sœurs Moon étaient-elles des vampires mutants capables de résister au soleil ? Avaient-elles tué Brian Andrews et Ben Rothman ?

Le moment ne se prêtait pas à la réflexion. Buffy fonça vers Polly qui leva les yeux. Dès que Buffy fut à sa portée, elle bondit en arrière avec une agilité surprenante, laissant dans l'eau la tête d'Adam.

Buffy lui décocha un coup de pied, puis deux coups de poing que Polly esquiva en riant.

— Qui es-tu ?

Polly continuait de rire. Buffy poussa Adam du pied pour le sortir de l'eau. Le visage de l'adolescent était livide.

— Regarde ce que tu as fait !

— Je sais, dit Polly. Ça n'a aucune importance… La Cause est la seule chose qui compte. Buffy, tu serais un tel atout si tu acceptais…

— Tu ne sais rien de moi.

— Tu te trompes. Moi, Calli, notre mère… Nous sommes sensibles aux différences. Tu as senti quelque chose de spécial en nous… et vice versa.

Polly s'approcha de Buffy qui recula et fourra sa main dans son sac à dos. Elle y trouva son pieu.

— Vous êtes complètement tarées ! Une guerre des sexes au lycée… Tuer les gens…

— Ouais, ouais, dit Polly avec un geste ironique de la main. Il y aura neuf positions clés dans notre nouvel ordre. Allison et Willow sont puissantes, mais elles ne monteront pas au-dessus du numéro six ou sept… Tu ferais un numéro trois merveilleux. Je serais première, Calli deuxième… Nous avions promis à Willow la troisième place, mais c'était un mensonge.

— Et si Calli veut être numéro un ? demanda Buffy.

Polly fronça les sourcils et joua avec son collier

d'opales. Buffy remarqua qu'elle portait aussi le bracelet de Willow.

— Elle ne voudra pas… ! C'est moi qui fais le travail… Elle n'oserait pas !

Avec un petit rire, elle se jeta en avant, attrapant
Buffy par les épaules. La Tueuse tira le pieu de son sac
à dos et le lui enfonça dans la poitrine.

Polly regarda le pieu trouer son chemisier en soie.
Le collier se brisa ; les opales se répandirent sur le sol.

Buffy fit un pas en arrière, se demandant ce qui
allait suivre.

Adam gargouillait. Au moins, il était vivant.

Des bruits de pas… Les deux filles se tournèrent
pour voir deux silhouettes approcher. Polly retira le
pieu de sa poitrine et le jeta à Buffy qui, ébahie, vit la
blessure se refermer.

Polly ramassa une poignée d'opales dans la boue et
fila si vite qu'elle parut se fondre dans les ombres.

Des voix retentirent : Snyder et le gardien.

Buffy se releva et secoua Adam. Il était mort. Un
liquide blanc et visqueux coulait de ses oreilles et sur
son cou.

Buffy sortit de sous les gradins et alla se cacher derrière un arbre.

— J'ai vu quelque chose par là, dit le gardien. Une
bagarre, je crois… Avec tous les problèmes qu'on a,
j'ai préféré vous appeler. Je n'ai pas envie de me faire
dévorer par des élèves enragés, simplement parce que
je fais mon travail…

— C'est ça, c'est ça, grogna Snyder. J'espère que
vous ne m'avez pas dérangé pour rien. Je venais de
faire du café…

Snyder préfère tomber sur un problème grave que

d'être sorti pour une fausse alerte ? Quel bon exemple à donner aux élèves...

Ils découvrirent le cadavre. Le gardien cria. Snyder se frotta le menton, plus ennuyé que choqué.

Impossible de leur parler, se dit Buffy. *Ils me jugeraient responsable. Snyder ne me croira jamais, quelle que soit la vérité...*

D'ailleurs, pensa-t-elle en escaladant la barrière du stade, *quelle est la vérité ?*

CHAPITRE VIII

Buffy se hâta de descendre la rue, jetant des regards inquiets alentour. Le son d'un klaxon, derrière elle, faillit lui valoir un arrêt cardiaque.

Oz.

Le van ralentit et s'arrêta près d'elle ; Oz baissa la vitre.

— Salut, Buffy ! Je sais que tu avais envie de marcher, mais j'ai un problème à te soumettre...

— Et moi, des choses à raconter, dit la jeune fille en s'installant sur le siège du passager.

Alex se trouvait à l'arrière, recroquevillé et silencieux.

— Qu'est-ce qu'il a ?

— C'est le problème, dit Oz. Nous nous apprêtions à quitter le lycée, quand une des Moon s'est approchée de lui, ses copines sur les talons...

— Calli. Polly et moi étions... occupées.

— D'accord, dit Oz. Alex m'avait expliqué qu'il était immunisé contre les phéromones à cause de son rhume. Il a déclaré à Calli qu'elle et son groupe étaient des furoncles sur le visage du féminisme, ou quelque chose comme ça... Calli lui a ri au nez, affirmant qu'elle n'avait jamais entendu un truc aussi drôle. Maintenant...

— Maintenant, répéta Alex d'une voix neutre. Maintenant, maintenant, maintenant…

— Il est devenu un des zombies qui traînent derrière les Moon, continua Oz. (Un soupir exaspéré s'échappa de ses lèvres.) Il est complètement à la masse.

Buffy se pencha et prit la main d'Alex.

— Que s'est-il passé ? Peux-tu me répondre ?

— Salut, Buffy. Les Moon, ouah, quelles bombes !

— Misère ! grogna la Tueuse en se laissant retomber sur son siège.

Son cœur saignait… pour Alex, pour Willow, pour Giles, pour les adolescents morts.

— J'ai vu Polly sous les gradins du stade, expliqua-t-elle à Oz. Elle faisait des trucs à Adam Shoemaker… Enfin, des « trucs », c'est vite dit ! Elle l'a tué. Elle lui a chanté une jolie petite chanson, lui a gratté le cou avec ses ongles, puis l'a jeté la tête la première dans une flaque de boue… Elle l'a achevé à distance, j'ignore comment. Quand je l'ai transpercée, rien ! Pas de cris, pas de sang… Elle n'a même pas eu mal ! Je pense que ces filles ne se contentent pas de laver le cerveau de nos copains. Elles ont sans doute aussi tué Brian Andrews et Ben Rothman.

Oz tourna dans la rue de l'Université, mais Buffy lui fit signe d'attendre.

Il arrêta le van.

— Nous devons revoir nos plans. Ce ne sont pas des phéromones… Alex avait le nez bouché et Calli a quand même réussi à l'avoir. Quelque chose d'autre est à l'œuvre. Laisse-moi au commissariat ; je vais voir les résultats de l'autopsie des deux noyés. Ramène Alex chez lui… Ça va, Alex ?

Le jeune homme leva lentement les yeux. Il arborait une mine pitoyable.

— Tu dois suivre mes instructions, d'accord ? lui recommanda Buffy.

Alex hocha la tête.

— Les hommes doivent faire ce que les femmes leur ordonnent...

— Tu l'entends ? grogna Oz. Ecœurant !

— Comme tu dis... Alex, Oz va te ramener à la maison. Je ne veux pas que tu retournes au lycée avant que ça aille mieux. Tu ne bouges pas sans que je te le dise... D'accord ?

— Je reste à la maison ? répéta Alex.

— Jusqu'à ce que je te fasse signe.

— D'accord, Buffy...

Le van roulait vers le commissariat.

Buffy aurait aimé détenir déjà les réponses à ses questions. Dire que ses adversaires avaient frappé ses amis sans qu'elle ait pu les arrêter... Comme il était injuste qu'elle ne puisse pas toujours vaincre le mal !

Mais pourtant, son devoir de Tueuse le lui commandait.

— Maintenant, tu me crois, espèce d'abruti de démon ? feula Viva.

Nadine la vampire gisait sur le sol de l'ancienne boutique de peluches. Des bulles de salive éclataient aux commissures de ses lèvres retroussées. Quant au son qui sortait de sa gorge, Viva l'avait déjà entendu : c'était celui d'un vampire victime d'empoisonnement du sang.

Becky et Barb assistaient au drame, horrifiées. D'autres vampires, qui avaient d'abord cru Nadine, foudroyaient du regard leur amie mourante, comme si elle était responsable de leur erreur.

Nadine prononçait des paroles à peine cohérentes, gênée par sa langue boursouflée.

— Un des garçons… devant le restaurant grec… attendait ses copines… Une cible si facile. Je n'ai eu qu'à lui faire signe pour qu'il… m'obéisse. Comme s'il avait confiance… Ooooh…

Elle roula de côté et se recroquevilla. Des lésions s'étaient formées sur son cou et sur ses mains. Un liquide blanchâtre s'en échappait.

Viva savait que ça arriverait. Elle avait essayé de prévenir Nadine, mais celle-ci n'écoutait jamais personne.

— Il avait bon goût… mais quand je suis revenue, je me suis sentie mal… Aaah… !

— Je vous l'avais dit ! vociféra Viva. Maintenant, vous devez me croire ! Il faut capturer la Tueuse. D'autres vampires mourront si nous ne parvenons pas à la faire travailler pour nous !

— Nous allons nous occuper des Moon, ajouta Barb. Mais par pitié, Viva, oublie la Tueuse ! Nous avons essayé : ça n'a pas marché. Une catastrophe après l'autre. Nous la tuerons bientôt ! Pour l'instant, occupons-nous des Moon.

— Nous surveillerons leur Q.G. tous les soirs, précisa Becky. Nous les prendrons sous notre aile et leur ferons deux jolis petits trous sur le cou !

— Ouais ! renchérit Barb.

— Ouais ! reprirent en chœur les vampires.

— Ça ne les tuera pas ! brailla Viva. Elles ne sont pas si faciles à arrêter ! La Tueuse, elle…

— Arrête ! lança Becky.

Elle se rapprocha de Viva, plus pâle qu'à l'ordinaire, ses veines visibles sous un épiderme presque translucide.

— Nous n'avons pas besoin de la Tueuse… Compris ? Nous sommes toutes-puissantes ! Nous gérons nos affaires nous-mêmes ! (Viva grogna.) D'accord ?

— Non ! cria Viva. Mais tu comprendras plus tard… Quand tu seras morte !

— Je suis plus intelligente que Nadine, déclara Becky. Je m'en tirerai.

Nadine poussa un dernier cri et mourut.

Le passage au commissariat s'était soldé par un échec. Buffy avait fait de son mieux pour paraître banale et naïve, racontant qu'elle devait écrire un article pour le journal du lycée sur les événements qui avaient secoué la ville… En résumé, les morts de Brian Andrews, Ben Rothman et Adam Shoemaker. Mais elle n'avait pas réussi à passer le bureau d'accueil, où officiait l'agent Kinkaid. Buffy eut beau lui répéter une dizaine de fois qu'elle ne voulait rien savoir des suspects ou des dernières pistes – elle s'intéressait seulement au rapport d'autopsie –, Kinkaid ne céda pas. Buffy ne représentait pour lui qu'un désagrément de plus dans une journée difficile.

Très bien, pensa la Tueuse en sortant. *Je n'abandonnerai pas aussi facilement. J'apprendrai ce que je veux savoir, d'une manière ou d'une autre…*

Pour atteindre la chapelle funéraire, elle traversa le cimetière, où elle avait vécu plus d'une aventure trépidante avec des vampires comme adversaires. Il était presque une heure et demie. La chapelle fermait à deux heures quand aucun service n'était prévu.

Puisqu'on ne voulait rien lui dire, Buffy se renseignerait seule.

La chapelle funéraire de Sunnydale constituait un monument historique où de nombreux individus connus ou inconnus de la ville étaient passés avant de se retrouver dans un cercueil, six pieds sous terre, ou dans un vase, sur la cheminée de grand-mère.

Buffy se posta sur le trottoir d'en face, observant le bâtiment, situé près d'une crèche. Les balançoires oscillaient sous la brise de l'après-midi et des petits animaux couraient sur les échelles et les toboggans, à la recherche de miettes.

Bonne chance, pensa Buffy. *L'endroit a été fermé il y a deux mois après qu'un enfant s'est cassé le bras sur une balançoire. S'il reste une miette, elle doit être fossilisée…*

A deux heures, une voiture sortit du parking de la chapelle et s'éloigna. Une autre partit quinze minutes plus tard. A trois heures moins le quart, Buffy décida qu'il n'y avait plus personne à l'intérieur.

Du moins, plus personne de vivant.

Elle traversa la rue au pas de course et gagna une fenêtre latérale. Un coup de pieu brisa la vitre, qui vola en éclats. Le bras protégé par sa veste en cuir, Buffy dégagea le passage. Puis elle se glissa à l'intérieur. Aucune alarme ne se déclencha.

J'ai encore quelques dollars sur mon compte. Je les enverrai anonymement pour qu'on fasse réparer la vitre…

Ben et Brian étaient là, attendant leur enterrement. Une cérémonie d'adieu était prévue le surlendemain, du genre « Le lycée de Sunnydale honore deux des siens »… Le style de réjouissances auquel les élèves étaient habitués, surtout en ce moment. Adam devait encore être à la morgue, mais Buffy préférait ne pas s'y risquer. Il fallait qu'elle découvre des indices…

Si elle se montrait assez maligne, elle trouverait ensuite le moyen d'aider ses amis, son lycée et sa ville.

Sans l'aide de Willow, d'Alex ou de Giles…

Placés dans une petite pièce, les deux cercueils étaient couverts de fleurs. Buffy vérifia la fermeture des volets, puis alluma une petite lampe.

L'un des cercueils était en acajou, l'autre en ébène. Du même style, avec des poignées en cuivre. Les mères de Ben et de Brian étant amies, peut-être les avaient-elles choisis ensemble.

Buffy les imagina, cherchant les bières les plus confortables pour leurs fils.

Quelle tâche atroce.

Tu y penseras un autre jour ! Ou tu ne mèneras jamais ta mission à bien…

Elle s'approcha du cercueil d'acajou et posa les mains sur le couvercle, songeant à l'adolescent allongé à l'intérieur.

Puis elle se reprit et essuya le bois. Ne pas laisser de traces…

Les mains dans ses manches, elle souleva le couvercle.

Ben Rothman, les cheveux noirs peignés avec soin, dont le visage autrefois si beau se révélait maintenant si pâle… Mais toujours moins que celui d'un vampire, ce qui était bon signe.

Buffy examina les traces sur son cou. On les avait maquillées et la jeune fille dut essuyer le fond de teint de son doigt. Les traces étaient identiques à celles que Polly avait faites à Adam Shoemaker.

La Tueuse enfonça l'index droit dans l'oreille du cadavre. Elle le ressortit imbibé d'une substance blanchâtre… comme celle qui coulait des tympans d'Adam, quand il était mort à ses pieds.

Buffy referma le couvercle et ouvrit le second cercueil. Brian Andrews était habillé comme Ben. Quelqu'un avait essayé d'imprimer un sourire sur son visage, sans résultat.

Mêmes traces de griffures sur le cou.

Même substance blanche dans les oreilles.

Buffy prit un morceau de papier à la réception pour conserver un échantillon, ce qui se révélait de la plus haute importance, elle le savait.

Une des paupières de Brian se trouvait relevée. Buffy ouvrit l'autre et examina les pupilles du malheureux.

Qu'as-tu vu ? Qu'as-tu entendu ? M'as-tu appelée ? Les sœurs Moon t'ont tué... Est-ce ça que tu essaies de me dire ?

Soudain, la lumière inonda la pièce. Buffy sursauta, le cœur battant... Puis elle se retourna pour découvrir Joe Bruce, le jeune assistant du directeur, debout devant la porte. Il la regardait, les yeux ronds.

— Monsieur Bruce ! s'écria Buffy. Désolée, je ne voulais pas déranger...

L'homme était plus effrayé que scandalisé.

— Qui êtes-vous ?

— Je... hum... Je suis la petite amie de Brian. Il fallait que je le voie une dernière fois... Seule, sans sa famille pour épier mes réactions... Vous savez comme c'est dur...

Elle fit mine de ravaler ses larmes.

— Vous êtes entrée par effraction...

C'était une question plus qu'une affirmation.

— D'une certaine manière... La douleur était trop forte, vous comprenez ? Il fallait que je voie Brian...

Une seconde personne apparut. Une jeune fille, d'à peine vingt ans, plutôt décoiffée.

— Joe ? Que fait-elle ici ? Que se passe-t-il ?

Bon, Joe Bruce faisait venir sa petite amie sur son lieu de travail quand tout était fermé.

Berk !

— Tout va bien, dit Bruce, s'éclaircissant la gorge. Je vais la faire sortir.

— Monsieur Bruce... Pourriez-vous m'accorder cinq minutes de plus... seule avec Brian ? S'il vous plaît ? Je partirai aussitôt après...

— Non, vous allez sortir tout de suite...

Buffy souleva le cadavre et le serra contre elle, lâchant une série de sanglots théâtraux.

— S'il vous plaît, s'il vous plaît ! Il me manque tellement... Je ne le reverrai jamais... Je vous en prie, monsieur Bruce...

— Joe... Elle est si triste, intervint la jeune femme. Donne-lui quelques minutes...

— S'il vous plaît ? répéta Buffy. Vous ne direz à personne que vous m'avez vue... D'accord ?

Elle fixa Joe Bruce, ses yeux lui lançant un avertissement sans équivoque.

Vous la fermez, je la ferme. Compris ?

— D'accord, monsieur Bruce ?

— Entendu... (L'homme se redressa et prit l'air le plus professionnel possible.) Cinq minutes. Sortez par la porte principale, je fermerai derrière vous.

Il éteignit, puis s'en fut.

Buffy resta seule, le cadavre dans les bras.

Elle scruta le visage de Brian.

Que t'ont fait les Moon ? T'ont-elles vraiment noyé ?

Ce qu'elle vit soudain faillit lui faire lâcher le cadavre. Une faible lumière émanait des yeux de Brian. Buffy tourna le corps pour le placer entre la lampe et elle. Cela semblait incroyable, et pourtant... La lumière de l'ampoule se reflétait à travers les orbites mortes du jeune homme !

Elle traversait la tête de Brian pour ressortir par les yeux.

Parce que des os et une fine couche d'épiderme ne suffisaient pas à la bloquer…

Brian Andrews n'avait plus de cerveau.

Et de la matière grise lui emplissait l'oreille.

Polly Moon ne les avait pas noyés… Elle voulait sauver les apparences, mais les choses ne s'étaient pas passées ainsi.

Mon Dieu, pensa Buffy, la gorge sèche. *Elle leur a liquéfié le cerveau !*

CHAPITRE IX

Buffy rentra chez elle. Une fois douchée et changée, le coup de fil à Oz passé, il lui restait une demi-heure pour préparer le dîner. Oz avait promis qu'il viendrait l'aider. Il serait là dans vingt minutes.

Il était cinq heures et demie, Willow et Giles devaient arriver à six heures.

Cheveux encore humides, Buffy mit trois couverts, des serviettes en papier et alluma une bougie. Puis elle s'arrêta. Elle ignorait ce qu'elle allait cuisiner. Evidemment, ses invités ne s'attendaient pas à un festin, mais le repas devait au moins être mangeable, pour qu'ils ne quittent pas la table prématurément...

— J'aurais dû demander à M. Gianakous de me préparer quelque chose, grommela-t-elle en fouillant dans les placards.

Elle trouva une boîte de tacos derrière les crackers.

Victoire ! Je sais faire les tacos !

Dans le réfrigérateur, elle découvrit une laitue, deux tomates et du cheddar. Pas de bœuf.

Des tacos végétariens... C'est parfait. Très mode, très « in ».

Elle retira la partie moisie du fromage, le coupa en morceaux, éminça les tomates et la laitue. Le four préchauffait.

Dépêche-toi ! Dépêche-toi ! Calme-toi ! Calme-toi…

A cinq heures cinquante-deux, on sonna à la porte.

Oz ! Bravo !

Tout était prêt, à part ses cheveux. Elle se passa un coup de brosse, jeta un coup d'œil dans le miroir et ouvrit la porte d'entrée.

Willow, Calli et Polly se tenaient sur le seuil, souriantes, des plateaux de nourriture à la main.

Willow était au centre, Calli et Polly l'entourant comme des gardes du corps.

— Salut, Buffy ! lança joyeusement Willow. J'ai invité Calli et Polly… Elles voulaient voir où tu habitais, et mieux te connaître. Je savais que tu ne m'en voudrais pas si on apportait à manger… (Elle leva son plateau.) Regarde ! Des biscuits !

— Tu es en avance, lâcha Buffy, les yeux rivés sur Polly.

On se connaît beaucoup mieux depuis cet après-midi ! claironnait le sourire de la fille.

— De quelques minutes seulement, s'excusa Willow. Mieux vaut être là plus tôt que plus tard, non ? Calli a apporté des chips et des dips. J'espère que tu n'en as pas déjà. Polly a…

Buffy se fichait royalement de ce que Polly Moon avait préparé. Elle caressa l'idée de sauter sur les deux filles, les chassant du porche à coups de pied avant de tirer Willow à l'intérieur. Elle vit en imagination le plateau de chips voler dans les airs, frappant le porche comme un missile Scud.

Mais elle ne pouvait pas faire ça.

Pas maintenant.

Elle connaissait la force et la rapidité de Polly. Un coup de pieu ne l'avait pas blessée. Le cadavre d'Adam Shoemaker, gisant par terre, lui revint à l'esprit.

D'accord, Willow était une fille et les sœurs n'avaient pas encore tué de femelles... Mais Buffy sentit qu'elles n'hésiteraient pas. Elle les voyait très bien arracher les bras de Willow, se servant de son corps comme d'un bouclier.

Non. Pas comme ça. Il me faut un plan...

— Atchoum ! (Buffy imita un frisson de fièvre.) Je suis malade... Le dîner est annulé. Désolée. J'ai dû attraper quelque chose cet après-midi...

— Oh ?

Willow sembla très déçue.

— Je ne peux pas vous laisser entrer... Navrée. On se verra un autre jour, d'accord ?

— Bon... Tant pis, marmonna Willow, sourcils froncés. Il y avait aussi du guacamole...

Buffy fixa Polly, qui souriait toujours.

Ce n'est qu'un contretemps, se promit la Tueuse. *Tu ferais mieux d'effacer ce rictus de ton visage, ma fille. Quand je me serai occupée de toi, tu n'auras même plus tes yeux pour pleurer...*

La porte refermée, Buffy se campa devant la fenêtre de la salle à manger d'où elle put voir les trois « copines » disparaître dans la nuit.

— Willow, dit-elle, sachant que son amie ne pouvait pas l'entendre, je te sortirai de là. Rien ne m'arrêtera.

Elle se dirigeait vers la table quand on frappa à la porte.

Willow ! Elle est revenue ! Elle a vu mon visage et compris le danger...

Buffy ouvrit. Oz se précipita à l'intérieur et referma à la volée.

— Je n'aime pas rester dehors trop longtemps ! Il paraît qu'il y a des vampires. Tu as peut-être entendu les rumeurs ?

122

— Parfois…

— Désolé pour le retard. Mon pneu s'est encore dégonflé.

— Tu as vu Willow repartir ?

— Non. Elle est déjà passée ?

— Ouais. Avec les deux Barbie. Je ne les ai pas laissées entrer, bien sûr. Il faut que je trouve un autre moyen de sauver Willow…

— Et Giles ?

Des bruits de pas résonnèrent sur le seuil.

Oz ouvrit aussitôt.

Giles, l'air perdu, se présentait, un bouquet de pâquerettes à la main…

— Buffy ? M'as-tu invité à dîner ce soir ? Je crois que oui. Je me trompe ?

— Giles ! Enfin !

Buffy le tira à l'intérieur. Elle claqua la porte et prit les fleurs.

— Elles sont pour Mme Moon, expliqua Giles. Est-elle arrivée ? Tu as bien dit qu'il s'agissait d'une fête en son honneur ?

— Oui, je l'ai dit… et non, elle n'est pas encore là. Je vais mettre les fleurs dans un vase, vous… les donnerez à madame Moon tout à l'heure. Allons dans la cuisine… D'accord ?

Giles regarda Oz.

— Je me suis garé plus loin… Je ne me rappelais plus où était la maison de Buffy.

— Venez, Giles, dit la jeune fille.

L'Observateur les suivit et s'assit à la table. Il fixa la bougie. Des flammes jumelles dansaient sur les verres de ses lunettes.

Oz et Buffy s'assirent en face de lui. Buffy lui prit la main.

— Vous m'avez beaucoup appris, ces dernières années. Je vous ai toujours écouté. Enfin, presque toujours… Maintenant, il faut que vous me fassiez confiance…

— Où est Mo ?

— Elle ne viendra pas, dit Oz.

— Giles, soupira Buffy, il y a de la magie dans l'air… Un truc étrange que je n'ai pas encore analysé. Mais vous n'êtes plus vous-même. Mo Moon vous a ensorcelé, et vous faites ce qu'elle dit, même si vous savez que c'est mal…

L'Observateur détourna les yeux de la bougie.

— Elle est maléfique, Giles… Elle et ses filles. Elles ont lancé cette guerre des sexes et assassiné Ben, Brian et Adam. Ce sont des meurtrières. Vous comprenez ?

Giles resta silencieux un long moment.

Ça marche ! pensa Buffy.

Elle jeta un coup d'œil plein d'espoir à Oz, qui haussa les épaules.

Giles se leva.

— Mo n'est pas là. Je rentre chez moi.

— Attendez ! cria Buffy. Le destin de Sunnydale est en jeu… Peut-être beaucoup plus que ça ! Vous êtes l'Observateur, je suis la Tueuse. Nous avons été affectés sur la Bouche de l'Enfer pour empêcher le Mal d'envahir la Terre ! Vous vous souvenez ? C'est notre boulot ! Arrêter les méchants ! *Réveil !*

Giles regarda Buffy, puis Oz.

— Je rentre à la maison. Mo n'est pas là. Vous m'avez menti.

— Vous ne pouvez pas partir ! Vous êtes un homme, donc en danger mortel !

— Hors de mon chemin ! Laisse-moi passer.

124

— Oz ! cria Buffy. Ouvre la porte de la cave !

— Hein ?

Buffy saisit les bras de Giles.

— Dépêche-toi ! C'est le seul moyen !

Oz courut ouvrir. Giles se débattit, avec plus d'énergie que Buffy ne l'en aurait cru capable dans son état. De force, elle lui fit descendre les marches qui menaient au sous-sol.

— Tu as besoin d'aide ? lança Oz.

— Descends ! cria Buffy au moment où Giles prenait appui des deux pieds contre le mur, la faisant basculer.

Elle roula sur le sol de la cave.

— Laissez-moi rentrer à la maison ! cria Giles, le visage contre le béton.

Oz arriva en bas.

— Tu vas l'attacher ?

— Tu as une meilleure idée ? C'est la seule solution…

Buffy se dégagea. Giles resta allongé, face contre terre, sa respiration saccadée soulevant de petits tourbillons de poussière.

Buffy prit les mains de l'Observateur, Oz ses pieds. Ensemble, ils portèrent leur prisonnier dans un coin où s'empilaient de vieux sacs de couchage.

— Désolée, dit Buffy en le ligotant avec les lambeaux d'une serviette déchirée par ses soins. Vous n'imaginez pas combien je suis navrée… J'espère que vous ne vous rappellerez pas grand-chose. Ça ne durera pas longtemps. Un ou deux jours, trois au pire. Je vous apporterai de la nourriture, de l'eau, tout ce qu'il faut. Et il n'y a pas de rats…

Elle se releva et épousseta ses vêtements. Puis elle se pencha vers Giles.

— Dormez bien… D'accord ?

Giles tourna la tête ; ses yeux se posèrent sur les murs humides.

— Il voulait dire « d'accord », traduisit Oz. Mais avec le bâillon… Enfin, tu vois.

Les sœurs aimaient les bijoux brillants, sans aucun doute. Cette passion jurait avec leur féminisme, et pourtant… Chaque jour, elles arboraient de nouvelles chaînes et bagues, obtenues simplement en demandant à leurs fans de les leur donner.

Buffy et Oz croisèrent Cordélia entre deux cours, non loin des bureaux administratifs. Près des toilettes, le ton montait entre un groupe de garçons et une bande de filles. Le sujet : le nombre de cabines, qui se révélait injuste et bla, bla, bla.

Le texte de Snyder ne semblait pas avoir produit beaucoup d'effet.

— Je me suis introduite dans la chapelle funéraire hier, apprit Buffy à Cordélia. Tu ne devineras jamais ce que j'ai trouvé…

— Des cadavres ?

— Oui, soupira Buffy. Maintenant, écoute ! Les sœurs Moon ont tué Brian, Ben et Adam. Mais elles ne les ont pas noyés. Elles ont fait *fondre* leur cerveau. La matière grise leur sortait par les oreilles. Ce n'était pas beau à voir.

Cordélia fronça les sourcils.

— Elles leur ont fait fondre le cerveau ? Attends, rembobine un peu. Remplis les blancs…

— J'ai regardé dans les cercueils… J'ai soulevé Brian et j'ai vu la lumière lui traverser le crâne.

— Dégueulasse ! commenta Cordélia. Mais pourquoi s'amuseraient-elles à tuer quand il leur est si facile

126

de contrôler les gens ? (Buffy haussa les épaules.) Bon… Comment on les arrête ?

— Je ne sais pas encore. Je voudrais d'abord faire une expérience… Un truc assez bizarre pour être important… Peut-être.

— Peut-être, répéta Oz.

— Ou peut-être pas. Donne-moi ton bracelet.

— Quoi ? cria Cordélia. Certainement pas.

— Ce ne sont pas de vrais diamants, hein ?

Cordy foudroya Buffy d'un regard offensé… Puis elle baissa la voix.

— Vas-y ! Fous-toi de moi parce que mon père a perdu son argent à cause d'un contrôle fiscal…

— Ils sont vrais, ou pas ? Peux-tu les sacrifier pour sauver le lycée ?

— D'accord, ce sont des faux, soupira Cordélia, exaspérée. Mais ils ont exactement l'aspect des vrais. Avec la technologie moderne, on ne voit pas la différence… Et si tu en parles à quelqu'un, je te tue.

— Ne t'inquiète pas…

Cordélia lui tendit le bracelet.

— Ça a intérêt à valoir le coup, acheva-t-elle, glaciale.

Chaque jour, après le déjeuner, le groupe des Moon avait tendance à parader dans l'école. La bande suivait toujours le même trajet, pour finir devant le foyer des lycéens.

Oz, Cordélia et Buffy marchèrent dix mètres devant la bande. Ils firent semblant de bavarder pendant que Buffy laissait tomber une à une les fausses pierres du bracelet de Cordélia.

Elle jeta des coups d'œil réguliers en arrière pour évaluer le résultat de l'expérience.

Ça fonctionnait.

Polly et Calli ne semblaient pas capables de passer à côté des pseudo-gemmes sans se pencher pour les ramasser. Elles étaient rapides, saisissant et empochant les pierres sans ralentir le pas.

Aucune de leurs fans ne s'apercevait du manège.

Quand Buffy et Oz longèrent le foyer, la jeune fille lança le reste du bracelet dans un coin. Calli le repéra dix secondes plus tard. Elle l'attrapa à la vitesse d'un cobra, le passa à son poignet, et continua sa conversation avec Willow et Allison au sujet de la chanson d'ouverture du concours de Miss Lycée de Sunnydale.

Buffy attira Oz et Cordélia entre deux casiers. Le groupe les dépassa.

— J'avais raison, chuchota Buffy. Polly et Calli ont mordu à l'hameçon. Leurs groupies s'en foutaient. Vous savez ce que ça veut dire, n'est-ce pas ?

Oz fronça les sourcils.

— Non, quoi ?

— Aucune idée non plus. J'espérais que vous auriez trouvé, que ça aurait fait « tilt »…

— Raté, soupira Oz.

— Tu veux dire que j'ai sacrifié mon bracelet pour rien ? grogna Cordélia.

— Pas pour rien. Un peu de patience… Les Moon sont trop dangereuses pour rester sur le campus. Elles ont abîmé beaucoup de choses, et j'espère qu'une partie sera réparable… Nous devons trouver la clé. *Il le faut*.

Elle parlait d'un ton résolu, mais son menton tremblait.

Alex. Giles. Willow.

Qui serait le prochain ? Buffy ne voulait pas y penser. Elle ne pouvait pas se permettre d'avoir peur.

Oz lui effleura l'épaule.

— Je suis avec vous, capitaine. Je veux récupérer Willow.

Buffy comprit que lui aussi combattait son inquiétude. Dès qu'ils en sauraient plus, ils mettraient la rouste du siècle à ces garces, comme Alex l'avait recommandé.

Alex. Pauvre Alex !

La cloche sonna.

— On se retrouve après l'école, dit Buffy à Oz.

— Ça marche.

— Désolée. Je répète pour le concours, annonça Cordélia en s'éloignant.

Buffy partit rejoindre sa classe. Quels que soient le nombre de cadavres et les litres de matière grise fondue, elle ne devait pas arriver en retard.

Après le dernier cours, elle passa à son casier, puis courut vers la sortie. Incapable de se concentrer, elle avait dressé la liste des particularités étranges des membres de la famille Moon.

Le parfum.

Les bijoux.

L'attitude.

Leur manière de toucher les gens, leur façon de rire.

De faire fondre les cerveaux…

La réponse se situait quelque part là-dedans. Willow aurait facilement reconstitué les pièces du puzzle, mais elle était… indisponible. Comme Alex et Giles…

Cordélia l'était par nature.

Il restait Oz. Tous les deux, ils trouveraient le moyen d'arrêter leurs agissements !

Stupéfaite, Buffy aperçut sa mère dans le couloir, en grande conversation avec Mo Moon.

Joyce Summers avait quitté la galerie tôt dans l'après-midi. Les allusions de Buffy à la guerre des sexes qui ravageait le lycée l'inquiétaient. Elle se souvenait des émeutes raciales qu'elle avait connues dans sa jeunesse.

Sunnydale n'était pas le genre d'endroit qu'elle voulait voir évoluer ainsi. Les administratifs du lycée auraient son opinion de parent d'élève, que ça leur plaise ou non !

Snyder se trouvait dans son bureau, les mains dans les poches, regardant par la fenêtre. Il ne réagit pas quand Joyce frappa à la porte.

— Monsieur Snyder ?

L'homme ne bougea pas pendant quinze secondes. Joyce se sentit gênée. Le dérangeait-elle ?

Puis il regarda par-dessus son épaule et lâcha :

— Oui ?

— Monsieur Snyder, répéta-t-elle en s'approchant. (Elle choisit ses mots avec soin : elle n'avait jamais aimé l'affreux petit bonhomme.) Je suis Joyce Summers… Vous savez, la mère de Buffy. Je voulais vous rencontrer pour vous confier mon inquiétude. Je sais que vous faites du bon travail dans ce lycée. Imaginer le poids que doit représenter la responsabilité de tant d'adolescents…

— Mouais, dit le proviseur en se tournant de mauvaise grâce vers elle.

Son esprit était ailleurs.

— … Buffy m'a parlé de l'atmosphère qui règne ici, continua Joyce, et je voulais vous dire que le sujet me préoccupait beaucoup. Il semble qu'une bande de filles essaie de prendre le contrôle du lycée, provoquant des tensions et des conflits.

— Des conflits ? (Snyder fronça les sourcils.) Nous n'en avons pas.

— Des filles insistent pour que tout soit fait selon leurs idées. Elles méprisent les garçons. Pouvez-vous me dire ce que vous avez prévu pour éviter que la situation ne s'aggrave ?

Le proviseur posa les mains sur son bureau et fixa du regard une pile de documents posés près du téléphone. Il cligna des yeux trois fois.

— Bonjour… Que puis-je faire pour vous ?

— Monsieur Snyder ? (Qu'arrivait-il à cet homme ? On aurait dit qu'il avait oublié sa présence.) Je vous demandais si les filles ne posaient pas un problème…

— Les filles ? Elles sont parfaites. Elles sont l'orgueil du lycée…

— La guerre des sexes commence à dégénérer…

— Rien ne dégénère, madame…

— … Summers. J'ai entendu dire que…

— Rien ne dégénère. Bon après-midi, et merci de votre visite.

Il se retourna vers la fenêtre. Joyce l'observa un instant, puis sortit.

Elle allait écrire à l'association des parents d'élèves et au conseil de l'école. Et au maire, aussi. Si le proviseur voulait jouer au plus fin, grand bien lui fasse… Joyce ne laisserait pas tomber.

— Madame Summers ?

Elle se retourna. Une très jolie femme qu'elle ne connaissait pas s'approcha, main tendue. Elle était vêtue d'un tailleur de flanelle et portait ses cheveux noirs noués en chignon.

— Madame Summers ? Je suis si heureuse de vous rencontrer. Mon nom est Mo Moon. Je suis le superviseur des bibliothèques…

— Bonjour. (Elles se serrèrent la main. La poigne de Mo Moon étant un rien trop ferme, Joyce dut lutter pour se dégager.) Nous nous connaissons ?

— Je connais votre fille, Buffy. Une enfant délicieuse ! Je voulais me présenter et vous demander si vous aviez lu nos tracts sur la Société des femmes. Je serais ravie de vous avoir à notre première réunion. Je n'ai pas encore la date, il faut que je voie avec les autres… Puis-je vous mettre sur la liste ?

— Eh bien, ça dépendra… Votre nom de famille est Moon… C'est bien ça ? Avez-vous inscrit vos deux filles au lycée ?

— Oui ! Calli et Polly. Elles s'intègrent bien. Je suis très fière d'elles. Elles se font de nouveaux amis…

Calli et Polly. Les noms cités par Buffy… Les filles responsables du chaos.

— Mo, que pensez-vous de la guerre filles contre garçons ?

Mo avança une main vers l'épaule de Joyce qui recula. Elle n'appréciait pas la présomption de cette femme. Elles n'étaient pas encore amies.

— Oh, il y a toujours une certaine tension entre les sexes à cet âge… Vous vous souvenez des problèmes des années soixante ? A chaque génération ses débats…

— J'imagine…

— J'ai neuf filles, dit Mo en souriant. Merveilleux, non ? Deux d'entre elles m'accompagnent. A cet âge, les adolescentes aiment le drame. Mes filles tentent de trouver leur place au lycée. Il est difficile d'être nouvelles.

— Neuf filles ? répéta Joyce.

Mon Dieu. Elle n'osait même pas imaginer pareil enfer…

— Eh oui ! Pourquoi n'irions-nous pas prendre une tasse de café ? J'ai fini ma journée, et nous pourrions bavarder. Alors ?

— Eh bien…

Joyce hésita. Cette pauvre femme venait d'arriver en ville. Il serait courtois de sa part de lui souhaiter la bienvenue. Buffy exagérait peut-être.

— D'accord. Je n'ai pas beaucoup de temps…

— Parfait !

Elle leva de nouveau la main vers l'épaule de Joyce, qui, cette fois, ne recula pas.

Buffy chargea alors, tel un taureau furieux.

Joyce trébucha et tomba.

— Buffy ! Qu'est-ce qui t'a pris ?

La jeune fille tendit la main à sa mère. Elle sentait la haine de Mo, derrière elle. Tant pis. Que cette garce fulmine tant qu'elle voulait. Elle ne mettrait pas ses griffes surnaturelles sur Joyce Summers.

— Désolée, maman, dit-elle pendant que Joyce se relevait. Quand je t'ai vue, j'ai couru pour t'embrasser… Et j'ai glissé.

Tu me prends vraiment pour une idiote, lui dit le regard de Joyce.

Aucune importance ! Buffy devait la sortir de là. Lui prenant le bras, elle l'entraîna dans le couloir.

— Tu es folle, ou quoi ? chuchota Joyce quand elles se furent éloignées. J'aurais pu me fouler la cheville…

— Désolée. C'était un accident.

— Ça n'en paraissait pas un, grommela Joyce.

Buffy changea de conversation.

— Que venais-tu faire ici ?

— Je voulais voir Snyder… A propos de la guerre entre les lycéens.

— Qu'a-t-il dit ?

— Pas grand-chose… Il semblait ailleurs, comme distrait. (*Je me demande si Mo Moon l'a « eu » comme elle a « eu » Giles et l'entraîneur…,* pensa Buffy.) Je vais me plaindre au conseil de l'école.

Non !

— Maman, je n'aurais jamais dû t'en parler. Tu fais des histoires pour rien…

— Buffy, j'essaie d'être une bonne mère…

— Tu l'es. J'ai exagéré la dernière fois. J'étais énervée… Maman, tu es géniale. Je ne te le dis pas assez souvent…

Joyce sourit et embrassa sa Tueuse de fille.

— Merci, ma chérie. Que dirais-tu d'une sortie, ce soir ? A deux ?

— D'accord… Mais pas avant huit heures. Oz et moi avons du… travail.

— Entendu. Peut-être te seras-tu décidée pour ce fameux week-end ?

— Peut-être. Nous en parlerons ce soir. Maman… Ne descends pas à la cave pour l'instant, d'accord ? J'ai fait une expérience, et c'est… en désordre. Je rangerai bientôt.

— Pas de problème.

Joyce lui fit un signe d'adieu et sortit.

Buffy s'assit pour attendre Oz et Cordélia.

CHAPITRE X

Alex demeurait à la maison, comme il l'avait promis à Buffy. Il devait obéir aux filles, c'était la règle. Il avait prétexté qu'il ne se sentait pas très bien à l'appel de la secrétaire du lycée. Un demi-mensonge. Il n'était pas malade, juste désorienté et… atteint de léthargie.

Malgré son état déliquescent, il continuait de penser aux sœurs Moon. Combien elles étaient belles, et… tellement merveilleuses !

Dès qu'il aurait la permission de quitter la maison, il les rejoindrait.

Il voulait se trouver tout près d'elles, davantage encore qu'avant.

Avant quoi ? tenta de raisonner son cerveau. Pas de réponse.

Alex ne parvenait pas à réfléchir clairement.

Il regarda des feuilletons toute la journée, affalé sur le canapé. Au début de l'après-midi, il zappa sur une chaîne pour enfants et se gava de jeux et de dessins animés qui correspondaient à son état d'esprit. Il essaya de se faire du pop-corn, sans réussir à se souvenir du fonctionnement du micro-ondes. Alors, il s'allongea sur le divan, ferma les yeux et laissa les images de Polly et de Calli flotter devant lui.

Jusqu'à ce qu'il entende frapper à la porte. Il se leva

aussi vite qu'il le put, erra dans le salon, trébucha sur le tapis et réussit à atteindre l'entrée. Quand il ouvrit, le soleil de la fin d'après-midi l'éblouit et il dut cligner des yeux pour voir qui était devant lui.

Polly Moon.

Sa déesse, en chair et en os. Seule sur le pas de sa porte, le contre-jour faisant une aura autour de son corps sublime.

— Salut, bafouilla-t-il.

— Bonjour, Alex. Tu viens avec moi ?

— Bien sûr, répondit-il. Où ?

— Est-ce important ? Nous allons faire de la musique ensemble…

— Je suis contente que tu sois là, Oz, dit Buffy devant les ordinateurs de la bibliothèque municipale. Je n'aime pas ces machines. Mon boulot, c'est de tuer les vampires.

— Je n'aime pas les ordinateurs non plus, grommela Oz. Si je peux m'en passer…

— Bien sûr, monsieur le magicien de la techno. Te souviens-tu que tu étais l'un des deux élèves recrutés par la boîte d'informatique, lors des journées d'orientation ? Ces gens ne t'ont pas remarqué parce qu'ils te trouvaient mignon. Même si tu l'es, je ne dis pas le contraire. Mais tu es doué pour ce genre de choses. Je le sais. Tu le sais…

— Je préfère la musique.

— Lâche-moi ! soupira Buffy. Allez, pour Willow…

Oz empoigna la souris.

Il était presque cinq heures. Les collégiens qui travaillaient dans le labo à leur arrivée, dix minutes plus tôt, étaient partis, probablement pour dîner. Buffy et Oz auraient du temps et du calme.

Le musicien se mit au travail et les pensées de Buffy dérivèrent. Le collège... Etait-elle si bruyante quand elle avait treize ans ? Oh oui ! Pire encore que les gamins de Sunnydale. Elle s'était battue contre les changements de son corps, contre sa soudaine attirance pour le sexe opposé. Elle s'était aussi battue contre quelque chose qui la rongeait, un vague sentiment qui lui donnait l'impression d'être une écorchée vive... Elle se montrait trop sensible, mal à l'aise de se sentir vivante. Plus tard, elle avait réalisé qu'il s'agissait de l'émergence de sa personnalité de Tueuse. Mais la transition s'était révélée difficile.

— Où en sommes-nous ? demanda Oz.

— Cherche « hypnose ». Du genre mauvais.

De nouveaux clics.

Non loin de Buffy et d'Oz, un homme et une femme âgés étaient assis côte à côte sur des chaises en plastique. Ils riaient en envoyant des courriers électroniques. Avaient-ils un rendez-vous ? Peut-être même étaient-ils amoureux... Ils ressemblaient à des collégiens, sauf que ceux-ci avaient des dentiers et des lunettes.

— Oz, dit Buffy. Tu te souviens du collège ?

— Ouais. J'ai détesté.

— Moi aussi... Mais tu te rappelles l'époque où tu as remarqué la différence entre les filles et les garçons ?

— J'ai compris à la maternelle.

— D'accord... Mais c'est à la puberté que tu réalises qui tu es vraiment. Qui tu vas devenir. En quoi tu te transformes... Et encore, j'oublie l'histoire du loup-garou. Devenir un garçon, un homme ; dans ta tête, ça représentait quoi ?

Oz haussa les épaules.

— Etre fort et musclé. Si on ne l'était pas, les autres se foutaient de notre gueule…

— Et alors ? Ils se sont moqués de toi ?

— Tu crois que je te l'avouerais ?

— Qui sait ? dit Buffy en souriant. Entendu… Devenir un homme, c'était être fort et musclé… D'après qui ?

— Les parents. Les profs. Les autres enfants. La télé. Bruce Willis. « Tu seras un homme, mon fils. »

— Et être une fille, c'est quoi ?

— Etre impressionnée par les mecs forts et athlétiques qui ne fondent jamais en larmes.

— Oh… je vois. Pour information : c'est n'importe quoi. Nous ne réagissons pas comme ça.

— Je le sais, maintenant. Alors, quand on est une fille, les autres attendent quoi de vous ?

— Je n'ai jamais été exactement dans le moule… Mais la plupart des filles voulaient être bien vues, jolies, populaires. Elles faisaient attention à leurs fringues et portaient trop de maquillage. Certaines cédaient aux garçons pour s'assurer leur affection. Ça craint, tu ne crois pas ?

— Comme au lycée…

— Les gens ne changent pas, ils prennent juste des centimètres…

— Ta conclusion ?

— Selon les Moon, pour être une femme, il faut se montrer indépendante, intelligente, talentueuse et déterminée. Moi, j'ignore même ce que veut dire être Buffy Summers. Et je n'ai pas compris le sens du mot « féminin ». Oui, j'ai des peluches dans ma chambre… Mais aussi des maquettes de bagnoles. Je massacre des vampires en pensant à mes devoirs de maths, et je pleure quand un film finit mal. Etre féminine, être masculine… Il y a des lois ? D'accord, les sœurs Moon sont des démons psychopathes dont le but est d'imposer l'hégémonie féminine au lycée, probablement à Sunnydale, et peut-être même au monde. Mais je me pose des questions sur la *nature*. Qu'est-ce qui est *normal* ?

Oz haussa les épaules.

— Je suis la Tueuse. Les Tueuses sont issues d'une longue lignée de femmes. Cela crée des liens très forts. Ma mère doit ignorer ce que je fais. Ce qui serait *anormal* dans la plupart des familles est la *norme* chez moi. Tu te transformes en loup tous les mois. La plupart des gens considéreraient ça comme bizarre… Mais chez les loups-garous, c'est naturel. Comment savoir ce que nous devons changer ?

Oz hocha la tête. Buffy se sentit soudain vulnérable, une impression à la fois troublante et rassurante.

— Nous devons être les meilleurs… Mais nous n'avons pas le temps de philosopher. Les Moon sont dangereuses. Il faut les arrêter.

— Fonce, Oz ! Trouve-nous quelque chose !

— Pourquoi tu ne le fais pas ?

— C'est toi le garçon. Tu es censé être le plus intelligent.

— C'est toi, la fille, qui es censée être la plus intelligente.

Ils rirent de bon cœur.

Un site sur l'hypnose les aiguilla vers le magnétisme, le somnambulisme, les hallucinations et les phénomènes psy. Aucun des liens ne les aida. Les sœurs Moon ne cessaient de parler, et l'hypnose nécessitait de la concentration.

La recherche suivante prit un moment : l'amour des objets brillants. Oz découvrit des anecdotes sur les corbeaux, les ratons-laveurs et les singes qui refusaient de rendre les objets parfois récupérés au péril de leur vie.

Ils lurent un conte grec sur Atalante, une jeune femme qui avait perdu une course et sa liberté parce qu'elle n'avait pu s'empêcher de ramasser des pommes d'or.

Buffy lut et relut le texte.

— Les Moon se réunissent au restaurant grec, releva Oz. Atalante était grecque. Tu crois qu'il y a un rapport ?

A Sunnydale, tout était possible.

— Peut-être, dit Buffy. Mais il y a trois Moon et une seule Atalante. Atalante détestait-elle les hommes ?

— Elle a perdu une course contre un mec et a été obligée de l'épouser. Visiblement, elle le ne voulait pas.

— D'accord... Dommage que Giles et Willow ne soient pas là pour nous aider.

— A quelle heure es-tu censée dîner avec ta mère ?

— A huit heures.

— Il est huit heures et quart.

— Super ! dit Buffy en se levant.

— Tu peux l'appeler ? Annuler ?

— Pas sans qu'elle m'en veuille toute sa vie. En ce moment, papa et maman font un concours. J'ai besoin de lui parler...

— Bien sûr. Pas de problème.

— Demain, on continuera. Nous quitterons le lycée pendant la pause-déjeuner. Gare ton van près de la sortie. Nous reviendrons et nous trouverons la solution. Ensuite, salut les Moon !

Buffy n'était pas sûre que les choses se passeraient ainsi... Mais s'exprimer à voix haute donnait une plus grande force aux intentions.

Oz se leva et s'étira.

— Ouais. Demain après-midi. Nous nous débarrasserons de Palli et de Colly.

— Polly et Calli. On dirait une de mes brochures d'université.

— Palli, Polly… Ce n'est qu'une question de noms. Avec un autre, la menace n'en serait pas moins dangereuse.

Ils sortirent.

Ce n'est qu'une question de noms, pensa Buffy dans le van d'Oz. *Leur nom pourrait-il se trouver lié à leur nature ?*

Les hordes d'adolescents se rassemblaient, agglutinés les uns aux autres comme des abeilles dans une ruche. Manifestant beaucoup d'émotion, peu de patience. Sifflant, grognant, se disputant. Vérifiant les maquillages, faisant claquer les sièges. Bavassant. Reniflant.

La réunion des élèves du second trimestre.

Le proviseur Snyder avait invité un conférencier pour parler aux lycéens de l'entente mutuelle. Ce matin-là, néanmoins, il semblait que Snyder ait oublié la réunion. Il n'était même pas sorti de son bureau pour présenter le conférencier. Une prof avait dû le faire à sa place.

Campée sur le podium, la jeune femme tapota sur le micro pour obtenir l'attention.

Le conférencier patientait près elle, des fiches à la main.

Un certain nombre de lycéens entouraient les sœurs Moon ; Allison et Willow étaient assises à côté des deux stars. Un peu à l'écart, Anya ne paraissait guère impressionnée. Les autres élèves regardaient haineusement le groupe. Les professeurs se tenaient dans les travées, certains tendus, d'autres s'interrogeant sur la raison de leur présence.

Mo Moon paradait près de la porte, souriante.

Buffy s'assit avec Oz et Cordélia dans le coin droit de l'auditorium. Cordy était furieuse. Les plantes en plastique amoureusement installées pour l'élection de Miss Lycée de Sunnydale avaient été déplacées pour la conférence. Pour tout arranger, on racontait que Calli et Polly avaient pour sponsors les *Ordinateurs W.B.* et le *Gameland* de Sunnydale, deux filiales de Wayland Software Entreprises.

Buffy n'était pas de bonne humeur. La veille, son retard de vingt-cinq minutes avait vexé sa mère, qui avait annulé leur sortie. La Tueuse avait dû manger ses sandwichs sous le regard haineux de Joyce. Elles n'avaient parlé de rien, même pas du dilemme défilé/ randonnée. Joyce s'était retirée tôt dans sa chambre. Avant sa patrouille, Buffy était descendue rendre visite à Giles, à la cave, la mort dans l'âme de le voir ainsi. Elle lui avait donné un taco végétarien, accompagné d'un thé glacé, avant de lui jurer qu'elle faisait seule- ment son devoir de Tueuse.

— Viens avec nous pendant la pause-déjeuner, Cordélia, suggéra Buffy. Oz et moi retournons à la bibliothèque municipale pour trouver un moyen de se débarrasser des Moon. Nous avançons, tu pourrais nous aider.

— Nous avons une répétition pour l'élection... S'ils réussissent à remettre les plantes et les décorations en place, le concours se déroulera ce week-end.

— Ça veut dire non ? demanda Oz.

— Bien sûr !

— Cordélia, trois têtes sont plus efficaces que deux, insista Buffy. Tu nous as souvent aidées.

— Avec tes idées brillantes ! renchérit Oz.

— Navrée, les amis, mais vos flatteries ne serviront à rien.

Buffy essaya de s'étirer, mais les sièges étaient trop rapprochés.

— Je suis heureuse qu'Alex ait accepté de rester chez lui comme je le lui ai demandé. Il sera en sécurité jusqu'à ce que tout soit terminé. Ça me rend malade de le savoir dans cet état.

— Et il y a Willow avec les Moon, pendue à leurs lèvres, buvant leurs paroles comme du petit-lait, rappela Oz. J'aimerais qu'elle soit en sécurité, elle aussi.

— Je sais, souffla Buffy.

Il n'y avait rien d'autre à dire. Pour l'instant, du moins.

— Bonjour, lycéens de Sunnydale, disait la prof. Aujourd'hui, nous avons le plaisir d'accueillir M. Reilly O'Reilly. (Quelques ricanements montèrent dans l'auditorium.) M. Snyder a demandé à M. O'Reilly de vous parler des récents incidents qui ont émaillé notre vie scolaire. Nous sommes un bon lycée, composé de bons élèves, de bons professeurs, d'une bonne équipe administrative...

— ... Une vraie maîtrise des adjectifs qualificatifs, ajouta Oz.

— ... et de bons locaux. La tension entre les élèves est préoccupante. Nous savons que les jeunes gens éprouvent parfois quelques difficultés à mettre de côté leurs différences et à trouver un terrain d'entente. M. O'Reilly se trouve ici pour vous y aider. C'est un professionnel de la médiation.

M. O'Reilly posa ses fiches sur le podium avant de prendre le micro.

— Virez les Moon et la vie reprendra comme avant ! cria un garçon dans les gradins.

— *Ahem*, dit M. O'Reilly.

Il avait vraiment dit « ahem ». Buffy n'avait entendu personne utiliser cette onomatopée. Les ricanements reprirent de plus belle dans la salle.

— Mes enfants, l'adolescence est la période des sentiments conflictuels et des pensées chaotiques. J'ai été jeune comme vous. Je comprends. Je suis votre ami.

— Lâche-nous ! cria une fille, dans le groupe des Moon. Tu n'as rien de nouveau à nous raconter ! Tu es un homme qui cherche à opprimer les femmes !

— Excusez-moi, jeune dame ?

— Le pouvoir aux femmes ! crièrent les disciples des Moon en se levant pour montrer leurs T-shirts.

Les garçons du groupe les imitèrent en silence. Au centre de cette agitation, Polly et Calli souriaient.

— Vos gueules, bandes de robots ! crièrent les autres élèves. Vous ne prendrez pas notre lycée. On en a marre de votre attitude !

Une fille sauta de son siège et attrapa un garçon à la gorge. Un autre garçon saisit une fille par les cheveux et essaya de la déloger de sa chaise.

Buffy fit signe à Oz et à Cordélia.

— On s'en va, tout va exploser.

Ils se levèrent et s'engagèrent dans la travée.

— Où pensez-vous aller ? demanda un professeur. Cette réunion concerne tous les élèves.

— Cordélia va vomir. Nous devons la faire sortir, vite !

— Merci, ma réputation en avait bien besoin,

144

grogna Cordélia quand ils atteignirent le bout de la travée.

Le rugissement de la foule enflait comme une vague derrière eux. M. O'Reilly essayait de rétablir le calme, suppliant les lycéens de s'asseoir et de réfléchir à d'autres moyens d'exprimer leur colère.

Dans le hall, Buffy, Oz et Cordélia reprirent leur souffle.

— S'ils cassent tout, je vais vraiment être furieuse ! dit Cordy. Où organiser le concours ? Au collège ? J'en doute ! La scène est minuscule et sa petitesse risque de grossir le nombre des participantes.

— Ce serait terrible, admit Oz.

— Avec ce délire, dit Buffy, nous avons un peu de temps devant nous. Allons nous connecter à l'ordinateur de la bibliothèque. Personne ne remarquera notre absence. Je crois que j'ai une nouvelle piste.

— Quelle sorte de piste ?

C'était Mo Moon. Les avait-elle suivis dans le hall ? Les yeux brillant de curiosité, elle souriait, moqueuse.

Buffy se tendit.

— De l'instruction civique... Pour analyser les événements en cours... Une piste pour savoir qui se présentera aux élections municipales. On se disait : une émeute, le moment est idéal pour que des élèves studieux aillent travailler avant que les labos d'informatique soient pris d'assaut...

Maman Moon s'approcha de Buffy, d'Oz et de Cordélia. Ils reculèrent. Mo le remarqua, mais son sourire s'élargit.

— Vous n'allez pas travailler sur un projet d'instruction civique alors que vous êtes censés être dans l'auditorium, déclara-t-elle. D'ailleurs, vous n'allez pas travailler, c'est clair. Je connais les élèves, à présent. Je sais à qui on peut faire confiance et à qui on ne le peut pas. J'ai essayé d'être aimable en pensant à ta mère, Buffy, mais tes amis et toi faites partie de la deuxième catégorie. Vous allez tomber de haut si vous ne respirez pas un grand coup et si vous ne laissez pas la nature suivre son cours.

— Pardon ? Et si vous parliez français ? demanda Cordélia.

Le gardien déboula dans le couloir, le visage écarlate.

— La piscine ! Il y en a un dans la piscine !

— Un quoi ? demanda Buffy.

— Un garçon ! Mort ! Noyé ! Avec des traces de griffures sur le cou !

Mon Dieu ! Pas un de plus !

Buffy fut surprise de voir le sourire de Mo Moon disparaître, remplacé par un rictus de colère.

— Oh, merveilleux ! grogna-t-elle en se dirigeant vers le bureau, le gardien lui emboîtant le pas. Simplement merveilleux.

— Tu croyais les Moon responsables des meurtres, dit Oz. Pourquoi notre charmante amie paraît-elle énervée ?

— Je ne sais pas, avoua Buffy.

— Oubliez ça ! lança Cordélia. Vous avez remarqué ses chaussures ? Ce style de talons hauts est complètement démodé ! Il y a quelque chose qui ne va pas chez elle…

CHAPITRE XI

La police et les types du labo arrivèrent au lycée de Sunnydale dans un son et lumière de gyrophares et de sirènes. Il s'agissait de l'émeute de l'auditorium, bien sûr, mais aussi de la découverte de Graham Edwards, flottant dans la piscine...

Les élèves avaient été poussés à l'extérieur. L'air libre semblait les calmer, mais ils continuaient de s'observer, prêts à s'écharper.

Les policiers interrogeaient les témoins pendant que M. Reilly O'Reilly s'éventait dans une voiture de police, avec une des brochures qu'il comptait distribuer après son discours, ayant pour titre : « Pourquoi ne pouvons-nous pas nous entendre ? » Il marmonnait. La situation lui paraissait inacceptable, il n'avait jamais rencontré un tel comportement ; le proviseur Snyder devait démissionner... Ces jeunes fauves n'apprendraient rien, même s'ils vivaient jusqu'à cent dix ans.

Buffy, Oz et Cordélia suivirent l'ambulance derrière le lycée. Les types du labo et la police ne voulaient pas que les autres élèves voient le corps de Graham.

Comme si les lycéens de Sunnydale n'avaient jamais vu de cadavres.

Les trois amis se cachèrent derrière un buisson

d'azalées, attendant que les secouristes sortent le corps. Les flashs écarlates de l'ambulance illuminaient la nuit. La Tueuse ferma les yeux un instant.

Buffy, aide-moi... ! dit la voix dans sa tête. *Aide-moi !*

J'essaie !

Buffy ouvrit les yeux comme par défi.

— Pourquoi est-on venus ici ? demanda Cordélia.

— J'ai besoin de savoir si c'est un meurtre commis par les Moon, répondit Buffy.

— Et comment vas-tu vérifier ?

— Tu les distrairas, dit Buffy. C'est ce que tu fais de mieux.

— D'accord...

Deux types du labo en uniforme blanc poussèrent la civière à l'arrière de l'ambulance, se préparant à la glisser à l'intérieur. Le corps gisait sous un drap immaculé.

— Venez avec moi, dit Cordélia à Buffy et à Oz.

Elle sortit de derrière le buisson. Buffy essaya de la retenir. Trop tard.

Elles n'avaient même pas ébauché un plan. Pourvu que Cordélia ne fasse pas tout capoter !

Oz leur emboîta le pas.

— Oh, je suis si heureuse de vous voir ! dit Cordélia aux deux infirmiers. Excusez-moi... j'aimerais vous parler un instant. Je vois que vous avez les mains prises, mais je sais que vous vous y connaissez en médecine.

Elle plissa le nez et sourit.

Buffy devait le reconnaître, attirer l'attention des hommes faisait partie des dons de Cordélia.

Du moins au début...

148

— Bien sûr, dit un infirmier, un brun à lunettes d'une vingtaine d'années. Nous nous y connaissons.

— Ouais, répondit l'autre, un rouquin du même âge. Mais vous ne devriez pas être là. La police…

— J'ai… une esquille, continua Cordélia. Dans mon œil. Ça fait vraiment très mal.

Elle pencha la tête et désigna son œil d'un ongle parfaitement manucuré.

— Ouais, dit Buffy. Elle ne voyait pratiquement rien. Nous avons dû l'amener ici.

— Et comment, ajouta Oz.

— Nous allons intervenir, dit le brun.

— Mais nous avons un cadavre sur les bras, rappela le rouquin. Circonstances suspectes. Nous devons l'emporter à la morgue. Ces gamins doivent retourner…

— Oh ! Aïe ! gémit Cordélia. Ça fait vraiment mal, comme une coupure de papier ! Ça ne prendra qu'une seconde, d'accord ?

— S'il vous plaît, supplia Buffy. Nous détestons la voir souffrir.

Trop, ajouta-t-elle *in petto*.

— Eh bien… dit le rouquin.

— Là, dit Cordélia en se dirigeant vers le capot de l'ambulance. Vous verrez mieux, il y a plus de soleil…

— Laisse-moi pousser le… commença le brun.

— Non ! cria Cordélia en agrippant son bras. Ça fait mal ! Moi d'abord. Lui, il n'ira nulle part.

Les deux infirmiers capitulèrent. Buffy souleva le drap, releva le corps et le regarda dans les yeux.

Le cerveau avait disparu.

Elle lâcha le cadavre. Oz replaça le drap à l'instant où les infirmiers revenaient. Cordélia les suivait en sautillant.

— Regardez encore ! Regardez encore !

— S'il y a une esquille, je ne la vois pas, dit le brun.

— Vous devriez consulter un médecin, proposa l'autre homme. Navré… Mais… vous n'avez pas envie d'aller au cinéma, ce soir ?

Buffy inclina la tête, indiquant à Cordélia qu'elle avait ce qu'elle voulait.

— Vous plaisantez ? s'exclama Cordélia. J'adore les médecins, comme toutes les filles, mais vous n'êtes pas mon type.

Elle se retourna et s'éloigna sans autre commentaire.

Buffy fit un sourire d'excuse aux infirmiers.

— On l'aime !

— Bon, on réessaie, dit la Tueuse.

Elle était de retour à la bibliothèque municipale avec Oz et Cordélia. Il était midi passé.

Ils s'étaient défilés du lycée. Après avoir juré au bibliothécaire qu'ils ne séchaient pas les cours, ils s'installèrent derrière un ordinateur. Oz était au clavier, Buffy et Cordélia assises sur des chaises en plastique orange, à côté de lui.

Buffy tira un bloc-notes de son sac.

— La famille Moon est très tarée et très puissante. Elle veut établir une dictature féminine sur Sunnydale, en commençant par le lycée. Les filles font subir aux jeunes une sorte de lavage de cerveau. La mère contrôle les adultes. Elles aiment aller au restaurant grec. Les filles adorent les pierreries au point de péter les plombs. Et une ou plusieurs d'entre elles ont tué quatre jeunes gens et réduit leur cerveau en bouillie. C'est à peu près tout.

Oz et Cordélia n'émirent aucun commentaire.

— Oz, tu as dit quelque chose, hier, qui a fait *tilt*, continua Buffy. Les *noms*. Si Willow était là, elle y aurait pensé avant. Nous démasquons souvent les démons grâce à leurs noms. Avec elles, nous n'avons pas essayé…

— Calli, Polly ? Tu trouves ça bizarre ? demanda Cordélia.

— On va bien voir.

Oz se connecta.

— Essaie Moon. La lune !

Sur un des sites, « la lune mystique », ils trouvèrent plusieurs textes – celui sur la lycanthropie fit soupirer Oz –, dont un sur les principes et pouvoirs féminins symbolisés par les phases de la lune.

— Ecoutez ça, dit Buffy. « *La lune est le symbole du principe féminin, la face occulte de la nature, des phénomènes psychiques, des émotions, de l'intuition, de l'inspiration, de l'imagination…* »

— Ouais ! exulta Cordélia. Nous sommes tout ça ? Très cool !

— … *ainsi que des niveaux enfouis du subconscient. Par sa disparition et sa réapparition dans le ciel, la lune est le symbole de la vie, de la mort et de la renaissance. Elle est considérée comme la source des pouvoirs des sorcières. L'astre lui-même lancerait des sorts, que certains appellent « mania » ou « lunacie ».*

— D'accord, d'accord. Les Moon sont des sorcières ? Comme Willow ? commenta Cordélia.

— Continuons, proposa Oz.

Il tapa Calli et le mot « Calliope » s'afficha, accompagné de dessins montrant des instruments de musique.

— Ça sert à rien, protesta Cordélia.

Oz cliqua sur un lien.

— Faut voir, dit-il avant de lire sur l'écran : « *Calliope était la Muse grecque de la poésie épique, l'une des neuf Muses, les déesses mineures qui, d'après la mythologie grecque, inspiraient les arts et les sciences. »*

— Oui, mais… commença Cordélia.

— Attends, dit Oz. *« Les neuf Muses étaient* Calliope, *qui présidait à la poésie épique et éloquence ;* Clio, *la patronne de l'Histoire* ; Erato, *qui préside à la poésie érotique et aux noces…*

— Intéressant, dit Buffy.

— *« … Euterpe, à qui on attribue la danse et la musique ; Melpomène, la tragédie ; Polymnie, la pantomime et les hymnes héroïques ; Terpsichore, la poésie lyrique et la danse ; Thalie, la comédie,* et Uranie, *l'astronomie. »*

— Calli est Calliope, affirma Buffy. Et Polly, Polymnie. C'est ça ! Calli est connue pour ses écrits, et Polly pour ses chants.

— Tu veux dire que nos démons femelles sont en réalité des déesses ? demanda Cordélia.

— On dirait, fit Oz.

— *« Les Muses étaient les filles de Zeus et de Mnémosyne, la déesse de la Mémoire »,* continua Buffy.

— Mné*mo*syne, reprit Cordélia. Mo. Mo Moon.

— C'est ça ! dit Buffy. Elles vivaient sur le mont Olympe et étaient les compagnes d'Apollon. Je suis sûre qu'elles adoraient être aux ordres d'un dieu…

Oz trouva un autre site sur les Muses.

— Regardez ça ! Apollon n'a jamais autorisé les Muses à conserver les gemmes offertes par leurs adorateurs. Il les gardait pour lui. Elles n'avaient pas le droit de porter des parfums ou des huiles, sous prétexte de ne pas se laisser détourner de leur tâche : illuminer le cœur de l'humanité.

— C'est pour cela qu'elles en mettent, dit Cordélia.

On le leur avait interdit. Maintenant, elles veulent s'éclater.

— Ça explique également leur obsession des bijoux, dit Buffy. Elles rattrapent le temps perdu. On ne précise pas que Mnémosyne était privée de cadeaux, et c'est pour ça qu'elle ne s'y intéresse pas, j'imagine. D'accord… Nous connaissons leur identité. Mais nous avons besoin d'en apprendre plus… Du style, comment s'en débarrasser ?

Nous n'avons jamais affronté de divinités. J'aurais besoin de l'aide de Giles !

— Je doute que nous trouvions ça sur Internet, dit Oz. Il y a des sites consacrés à la magie et aux méthodes pour tuer les monstres, mais les déesses ne sont pas considérées comme dangereuses.

Buffy prit la place d'Oz et étudia les informations. Il devait exister quelque chose. Ses amis n'allaient pas rester à la merci de ces divinités !

Elle ne l'autoriserait pas.

— Là, dit-elle en tapant sur l'écran. *L'Inspiration.*

Oz et Cordélia se penchèrent.

— « *Les Muses ont inspiré les arts et les sciences humaines*, lut Buffy. *Inspiration signifie littéralement* souffle. » Respirer le souffle des Moon a placé les lycéens et les adultes sous leur contrôle ! Nous avons été épargnés parce que nous ne les avons pas laissées nous souffler dans le nez.

— Super ! dit Cordélia. Et… comment on les tue ?

— Ça, je ne sais pas. Elles sont rapides, intelligentes, et leurs blessures guérissent instantanément. Mais il doit y avoir un moyen. Même Achille avait son talon.

— Je me demande quel est le leur, murmura Oz.

Buffy fixa l'écran jusqu'à ce que sa vision se trouble. La réponse ne s'y trouvait pas.

Il se demandait quand Mo viendrait le chercher. Depuis une éternité, il attendait de revoir son visage adorable, son sourire et son souffle chaleureux. Elle viendrait, il le savait. Elle ne le laisserait pas seul long-temps.

Allongé sur des sacs de couchage, Giles regarda par la fenêtre le jardin qui s'étendait devant lui. Ses yeux se situaient au niveau de la pelouse. Il voyait les buis-sons de roses, les troncs des arbres et les écureuils affa-més. Le soleil jouait avec le relief, se décomposant sur la vitre sale avant de frapper son visage.

Elle était là, quelque part. Elle le trouverait. Il n'était pas inquiet.

Buffy Summers l'avait enfermé, lui attachant les mains et les pieds, puis l'avait bâillonné. Elle lui avait servi une explication, mais il ne se souvenait plus de quoi il s'agissait, ni ce que cela signifiait.

Tout ça n'avait guère d'importance. Buffy ne comp-tait pas ! Une seule chose importait : être avec Mo et lui obéir.

Les lunettes poussiéreuses de Giles avaient glissé sur son nez ; il le plissa pour les remettre en place.

— Viens me chercher, marmonna-t-il à travers le bâillon.

Les mots étaient incompréhensibles, mais il savait qu'elle entendrait. Elle comprendrait. Elle tenait à lui.

Elle l'aiderait.

Giles regardait par la fenêtre. La lumière se fit plus forte, puis baissa à mesure que l'après-midi avançait.

Il attendait.

Avec patience.

La nuit était tombée quand Oz raccompagna Cordélia et Buffy chez elles. Buffy sauta du van, courant vers sa maison.

Je vais prendre ma décision ce soir. Défilé de mode ou camping. J'accrocherai mes options au mur et je jouerai aux fléchettes les yeux fermés. Ça fera un souci de moins. Je suis sûre que maman…

Elle s'immobilisa.

Et se retourna, cheveux au vent, tirant un pieu de son sac.

Trop tard. Viva, la vampire, bondit. Le pieu vola dans les airs et tomba dans le caniveau. Buffy grogna et se tordit le cou pour l'éloigner des crocs du monstre. Puis elle enroula ses jambes autour de Viva et la fit basculer sur le dos.

Viva, avec sa rapidité habituelle, agrippa la jambe de Buffy et toutes deux tombèrent.

La Tueuse se releva la première.

— Maudite chienne ! cracha la vampire.

Elle bondit sur ses pieds et fit face à son ennemie.

— Tu n'acceptes pas facilement les refus, hein ? dit Buffy. Laisse-moi me répéter. Je ne t'aime pas ! Tu sens mauvais et tu n'es pas belle. Navrée, mais les faits sont là. Nous ne serons jamais copines.

Buffy sauta et flanqua son pied dans le visage de la vampire.

Viva tituba, mais resta debout.

— Buffy ? demanda une voix à la fenêtre de la cuisine. C'est toi ?

Maman, reste à l'intérieur !

Viva plongea. Buffy bascula en arrière et sa tête heurta le trottoir. Elle vit des étoiles, puis de nouveau la vampire.

Elle se mit à genoux.

Viva la frappa, lui attrapa un poignet et le tordit. Buffy cria de douleur, cessant de se débattre pour éviter une mauvaise fracture.

Ça fait mal !

— Je t'ai eue ! jubila la vampire. Maintenant, tu feras ce que je veux !

De sa main libre, Buffy chercha quelque chose dans la pelouse, n'importe quoi…

… Et le trouva.

Un pieu, là où sa mère avait ligaturé les nouveaux rosiers. Elle se lacéra la main sur les épines en le prenant, puis força sur son bras, sentant les muscles et les os près de lâcher.

Un mouvement bref… La douleur cessa soudain ; Buffy se retrouva à califourchon sur la vampire, les genoux sur sa poitrine, le pieu menaçant son cœur.

— Tu as le choix… Tu peux mourir lentement et souffrir… ou rapidement et sans douleur. Ne dis pas que je suis mauvaise joueuse !

Viva se débattit, mais l'entraînement de Buffy, ajouté à sa force constituaient une remarquable combinaison.

— Si tu veux mourir vite, parle ! Ne me réponds pas, et tu verras à quel point ce pieu peut s'enfoncer lentement !

— Elles me posent aussi des problèmes, tu sais ! souffla Viva.

— Nous sommes sur la même longueur d'onde, constata Buffy. Les Moon ! Dis-moi tout ce que tu sais.

— Pas grand-chose.

Buffy poussa sur le pieu. Elle sentit la peau se déchirer sous la chemise de Viva.

— Arrête ! C'est bon !

Buffy se détourna. Si le souffle des Muses se montrait dangereux, l'haleine d'une vampire n'était pas beaucoup plus saine.

— Les filles Moon sont deux des neuf Muses, dit Viva. Leur mère est Mnémosyne, déesse de la Mémoire.

— Apprends-moi quelque chose que je ne sache pas !

— Buffy ? appela sa mère.

— J'arrive ! cria la jeune fille avant de se retourner vers Viva. Parle !

— D'accord ! Je les ai rencontrées en 1912. J'avais été mordue par un vampire anglais quelques jours avant de traverser l'Atlantique sur le nouveau paquebot, le *Titanic*. Devenue vampire, j'avais décidé de faire quand même la croisière, puisqu'il y aurait un vivier pour mon nouvel appétit. Mo, Calli et Polly se trouvaient à bord. J'ai su tout de suite qu'elles n'étaient pas humaines. Elles ont compris aussi que je ne l'étais pas…

— Ouais, dit Buffy. Ne sortir que la nuit, avoir des crocs et un teint cadavérique… Ce sont des indices.

— Ne te moque pas de moi ! Polly est la plus mégalo des trois. Un soir, elle m'a dit qui elles étaient, pensant que je n'y pouvais rien. Elle a ri. Autant que je sache qui allait régner sur le monde avant de mourir de faim, a-t-elle jubilé.

— De faim ? Pourquoi ?

— J'y viens ! Les Moon ont réussi à s'échapper de l'Olympe grâce à un conservateur de musée qui était à bord avec une collection d'art grec en partance pour les Etats-Unis.

— Une concentration de culture grecque leur ouvre un portail ? Nous avons la nôtre : *Le Grec Hilare*. Avec

157

l'attraction de la Bouche de l'Enfer, ça leur a permis d'entrer à Sunnydale…

Viva se cambra. Buffy enfonça le pieu un peu plus.

— D'accord, d'accord… Voilà le truc. Les Moon voulaient la domination des femmes sur le monde. Elles en avaient assez d'obéir à Apollon… Elles étaient venues sur Terre pour établir un nouvel ordre où les femmes seraient au pouvoir et les hommes leurs esclaves. C'était la bonne époque pour agir… Les suffragettes faisaient les gros titres des journaux. Les nanas étaient prêtes à les écouter. Prêtes pour le grand changement !

— Prêtes à se faire souffler dans le nez et laver le cerveau !

— A se faire souffler dans le nez par les filles et toucher par la mère. C'est comme ça qu'elle trouble les adultes. Elle leur enlève leurs souvenirs. Bref… Imagine-les prenant du bon temps, se faisant des adeptes et, dans le cas de Polly et de Calli, volant tous les bijoux possibles. Elles voulaient convertir les passagers et l'équipage avant de débarquer aux Etats-Unis. Ça leur aurait fait une base pour les aider à répandre la bonne parole sur le continent.

— Mais… voulut intervenir Buffy.

— Tu as vu le film ! Le paquebot a coulé. L'ordre nouveau s'est noyé ou est mort de froid. Dans la panique, les survivants hypnotisés par la famille Moon ont oublié l'expérience. La terreur a vidé leur esprit. Et comme tout le monde les avait oubliées, elles ont été ramenées sur l'Olympe.

— Si tout le monde les oublie, elles disparaissent ?

— Oui.

— Je ne veux pas qu'elles disparaissent, grogna

Buffy. Je veux qu'elles *meurent*. Je refuse qu'elles recommencent.

— J'ignore comment les tuer, avoua Viva.

Buffy prit une grande inspiration.

— Si tout ça est vrai, en quoi cela te concerne-t-il ? Que t'importe que les humains soient contrôlés par des déesses ? Vous devriez être contents de profiter d'un monde de zombies. Les hommes seraient des cibles faciles.

— Chaque humain transformé par le souffle des déesses devient toxique pour les vampires. Elles détruisent notre cheptel. Tu veux qu'elles disparaissent. Nous aussi...

— Viva !

Buffy regarda par-dessus son épaule. Deux vampires femelles accouraient vers elle, leurs capes flottant au vent. La première voulut empoigner Buffy, qui se retourna et lui enfonça son pieu dans la poitrine.

La buveuse de sang explosa au-dessus de la pelouse.

Viva se dégagea. Elle tendit la main vers Buffy mais n'attrapa qu'une poignée de cheveux blonds. Le cuir chevelu en feu, Buffy évita la seconde camarade de Viva, roula dans l'herbe et récupéra son pieu.

Elle frappa.

La vampire disparut.

Buffy sauta sur ses pieds.

Viva dévalait la rue comme si le diable était à ses trousses.

La Tueuse se plia en deux pour reprendre son souffle. Elle avait mal au crâne, là où ses cheveux avaient été arrachés. Par bonheur, grâce à la qualité de sa crinière, il serait facile de camoufler le trou. Ses bras douloureux devaient être couverts de bleus.

Et elle avait cours le lendemain.

— Buffy, tu viens, ou pas ? s'obstinait Joyce.

— Oui…

Boitillant vers la maison, elle capta un mouvement derrière la fenêtre de la cave.

Buffy se rapprocha.

Un visage se collait contre la vitre. *Giles !* Au-dessus du bâillon toujours en place, l'expression de ses grands yeux s'était éclairée. Il avait compris. Il voulait sortir. L'aider.

Giles était de retour.

Dieu merci !

Buffy s'engouffra dans la maison. Joyce l'attendait dans la cuisine, buvant une tasse de café, le journal à la main.

— Tu devrais rappeler la mère d'Alex, chérie, dit-elle pendant que Buffy ouvrait la porte de la cave. Elle a passé un coup de fil tout à l'heure… Elle croit qu'il n'est pas rentré depuis hier.

— Elle *croit* ?

Joyce haussa les épaules.

— J'ai toujours eu l'impression que les Harris ne communiquaient guère. Mais tu sais sûrement où il est ? Vous êtes très proches ?

— Appelle Mme Harris pour moi. Dis-lui que je vais chercher Alex.

— Tu ne veux pas… ?

Buffy n'entendit rien de plus. Elle dévala les marches et rejoignit son Observateur.

Elle lui arracha le bâillon. Giles s'éclaircit la voix.

— Buffy… Je suis navré. J'ignore ce qui s'est passé, mais ça t'a compliqué la vie. Tu as dû me placer dans cette… crypte… pour que je ne te gêne plus.

— Ne vous excusez pas. C'est maman Moon. Elle et

160

ses filles sont des déesses renégates. Elles soufflent sur les gens. Ça leur lave le cerveau.

Elle trancha les nœuds ; les liens tombèrent des bras et des jambes de l'Observateur.

— Je regardais par la fenêtre... Je t'ai vue te battre sur la pelouse. J'étais horrifié de te savoir en danger. Quelque chose s'est éveillé en moi. Le choc m'a sorti de ma transe. Je me suis forcé à me concentrer et je me suis souvenu de mon devoir. Mais je ne pouvais rien faire, attaché comme...

— Vous pouvez m'aider, maintenant. La vie d'Alex est en jeu !

— D'accord ! Où est-il ? Quelle est la situation ?

— Les Moon ne se sont pas contentées de jouer avec le cerveau des gens. Elles ont tué...

Joyce les attendait devant la porte, bras croisés et sourcils froncés.

Sa fille faillit lui rentrer dedans.

— Buffy !... gronda-t-elle. J'ignorais que monsieur Giles était avec toi.

— Nous sommes arrivés ensemble, maman. Nous cherchions quelque chose à la cave. Pas trouvé. Ça doit être là-haut. On y va !

Giles fit un petit sourire à Joyce.

— Bonsoir, madame Summers... Nous parlerons plus tard, n'est-ce pas ?

Il suivit Buffy, montant les marches quatre à quatre.

Dans son placard, la Tueuse contempla la collection d'armes constituée au fil des années pour combattre toutes sortes de monstres.

— Aidez-moi, répéta-t-elle à Giles. Que savez-vous de la mythologie grecque ? Comment tuer une déesse ?

Giles se frotta le menton.

— C'est nouveau... Les dieux ne mouraient pas

souvent, si mes souvenirs sont bons. Ils se battaient, pourtant. Avec des lances, des flèches, des épées... Ce qui ne t'avance pas. Certains ont été noyés, lapidés, éviscérés ou écorchés vifs. La Méduse fut décapitée.

— J'ai le choix, quoi, dit Buffy en remplissant son sac à dos d'armes. (Elle mit son arbalète sur son épaule.) Ça ne les tuera peut-être pas, mais je vais essayer. Et de toute façon, je sauverai Alex !

Elle promit à sa mère qu'elle serait vite de retour, puis sortit en trombe.

— Où vas-tu ? demanda Giles.

— Au *Grec Hilare*. C'est leur planque.

— Je te conduis, dit-il, cherchant des yeux son véhicule, garé non loin. Quoi ? Ma voiture ! On l'a enlevée !

Buffy se lança dans une course éperdue.

— Je prends un taxi ! cria Giles.

Buffy bifurqua vers l'ouest. Son cœur battait la chamade. Une sueur glacée couvrait ses bras. Elle revit Brian Andrews et Ben Rothman, dans leurs cercueils : Adam Shoemaker, mort dans une flaque d'eau derrière les gradins du stade ; Graham Edwards sur la civière, le crâne vidé...

Non, non, non !

Pas Alex ! Je ne vous laisserai pas le tuer !

CHAPITRE XII

Assis par terre, les genoux pliés sous le menton, Alex voyait un rai de lumière sous la porte et le contour des boîtes et des caisses, sur les étagères.

Depuis quand était-il là ? Longtemps. Ses fesses et ses épaules lui faisaient mal. Il ignorait pour quelle raison il se trouvait là, mais Polly lui avait interdit de bouger et de faire du bruit. Elle reviendrait le chercher pour une petite promenade sur la plage.

Le long de l'eau…

Derrière la porte, des chants et des rires résonnaient. Tous féminins. Polly Moon. Calli Moon. Mo Moon, leur mère. Et leur groupe de suivantes… d'amies.

Avait-il pensé *suivantes* ?

L'étaient-elles ? Cela revêtait-il la moindre importance ? Rien ne comptait, sinon obéir. La vie serait tellement plus facile, plus douce. S'il obéissait, Polly reviendrait le voir. Elle lui parlerait de nouveau. Et sa voix semblait venir d'un autre monde.

Alex ferma les yeux, écoutant les bruits qui montaient de la pièce principale du *Grec Hilare*. Personne ne se trouvait dans le restaurant quand Polly l'avait amené. L'endroit était désert, à l'exception des Olympiens nus sur les murs. L'odeur de mauvaise friture empestait.

Polly détenait la clé. Elle avait plaisanté, disant que M. Gianakous leur donnerait le restaurant. L'idiot, le crétin, le mâle typique ! Plus tard – une heure, un jour, des années ? –, d'autres filles étaient arrivées. Alex avait reconnu les voix de Willow et d'Allison.

La musique finit par s'arrêter.

Alex attendit et écouta.

Ecouta… Ecouta…

Son nez le grattait… Mais il lui était difficile d'ordonner à sa main de bouger.

Soudain, la porte s'ouvrit et la lumière le fit cligner des yeux.

Il ne pouvait pas distinguer les silhouettes, mais il reconnaissait les voix.

— Polly, non ! dit Calli. Ça suffit !

— Sois maudite ! cracha Mo Moon. Je devrais te faire monter sur une barque en partance pour l'Hadès. Tu dois arrêter cette folie !

Polly, la belle et sensuelle Polly.

— Mère, tu ne comprends pas…

— Oh, mais si ! Tu te sers de tes pouvoirs musicaux pour tuer les mâles. Tu dois comprendre que Calli et moi en avons assez. Trouve une autre façon de te défouler !

Mo entra dans le garde-manger et attrapa Alex par un bras. Il tenta de garder l'équilibre, mais se cogna au mur. Des étoiles dansèrent devant ses yeux. Mo fronça les sourcils, comme s'il était repoussant.

Calli demeurait immobile, les poings sur les hanches. Polly fixait le sol.

— Polly, dit Mo, ta haine des hommes commence à devenir lassante. Arrête de les massacrer pour rien. Comment demander à nos adorateurs de nous suivre si tu continues de leur liquéfier le cerveau ?

164

Polly repoussa ses cheveux en arrière, ses longues mèches blondes tombant sur ses épaules comme une pluie d'or.

Alex aurait aimé s'y noyer.

— Je n'y peux rien, dit-elle. J'en veux toujours à Neventine. Ma rage s'exprime parfois de façon, disons… peu appropriée.

— Neventine était un berger sans intérêt ! siffla Calli. Il t'a offensée il y a 3023 ans. Ça suffit !

— L'expérience a modifié mes sentiments pour les hommes, gémit Polly. Et alors ? J'ai de l'anxiété résiduelle, et je dois l'évacuer. Ça me fait du bien. Vous vous moquez de ce que je ressens ! Il n'est guère étonnant que les sept autres soient restées sur l'Olympe. Elles étaient fatiguées de vos critiques.

— Les autres sont restées parce qu'elles n'avaient aucune vision à long terme ! cria Mo. Elles sont heureuses avec leur poésie, leurs chansons, et elles laissent Apollon gérer leur existence ! Je n'arrive pas à croire qu'elles sont mes enfants. Que Zeus ait pitié… Quelle déception ! Au moins, mes chéries, vous êtes prêtes à défendre l'éternel féminin.

— Mais tu dois arrêter cette tuerie, reprit Calli. Polly, tu m'écoutes ? Nous ne voulons pas de galères supplémentaires, tu piges ?

— Tu parles comme une mortelle, fit Mo. Surveille ton langage, ma fille.

Polly passa un doigt sur le cou d'Alex.

— Hum ? Oh, d'accord. Plus de tuerie. Je vais essayer.

— J'épargne celui-là, dit Mo.

— Mère ! cria Polly en trépignant.

Mo Moon prit Alex par la main et le conduisit dans

la salle à manger. Il se cogna plusieurs fois, mais lâcher des « aïe ! » représentait un trop grand effort.

Mo ouvrit la porte et le traîna sur le trottoir.

— Rentre chez toi comme un bon petit garçon. Et ne t'approche pas de Polly. Je sais que tu la trouves attirante, mais je t'ordonne de nous adorer de loin, comme les autres.

Alors s'éleva une voix qu'Alex n'avait plus entendue depuis un moment…

Une voix réconfortante.

Celle de Buffy.

— Vous voilà ! s'écria-t-elle. La reine des Folles et ses deux tordues de filles… Eloignez-vous d'Alex ! Je suis venue pour vous, et je ne partirai pas avant que vous ne soyez transformées en poussière de lune, bande de tarées !

Mo poussa Alex qui s'effondra sur le trottoir. Buffy fonça, les mains chargées d'armes pointues, aiguisées et mortelles.

Malgré le brouillard qui voilait ses perceptions, Alex vit qu'elle avait les nerfs à fleur de peau.

Buffy faisait face aux Moon, seule. Vu son état, Alex ne comptait pas vraiment.

Et elle était passée en mode de destruction stratégique.

— Alex, traverse ! ordonna-t-elle.

— Reste-là, Alex ! cria Polly.

Le jeune homme se figea, incapable de se décider.

— Je sais qui vous êtes, pourquoi vous êtes ici et ce que vous voulez, annonça Buffy en s'arrêtant au bord du trottoir, arbalète pointée vers la poitrine de Mo Moon.

Constater que cette déesse démoniaque n'esquissait pas un geste de recul lui serra le cœur.

Allons, c'était peut-être une ruse.

Pourvu que ce soit une ruse !

Buffy appuya sur la détente. Avec un bruit mou, le carreau s'enfonça dans la chair divine.

Mo poussa le projectile jusqu'au bout pour qu'il sorte de sa poitrine et tombe sur le trottoir.

— Impossible, Buffy ! Nous savons que tu es spéciale. Nous l'avons senti depuis le début. Mais tu ne peux pas nous tuer.

— Personne ne le peut ! cria Polly. Il n'y a qu'une façon de nous tuer, et tu ne sauras jamais laqu…

Calli plaqua une main sur la bouche de sa sœur.

— Apprendras-tu un jour à te taire ? la morigéna-t-elle. Nous devrions te couper la langue !

Mo avança vers Buffy, qui jeta l'arbalète et sortit une machette de son sac. Ça ne marchait pas contre les vampires, mais certains démons avaient trouvé l'acier plutôt mordant.

— Vous pouvez mourir, dit-elle. Tout peut mourir.

Mo éclata de rire et tendit la main vers la machette. Buffy l'en empêcha et, d'un geste sec, enfonça l'arme dans le crâne de la déesse. La lame s'enfonça jusqu'au nez et resta suspendue là.

Mo s'arrêta de rire. Sa bouche s'affaissa. Ses yeux, séparés par le trou, dans son crâne, regardaient dans deux directions différentes.

Buffy eut un regain d'espoir.

Oui, c'était ça… Comme dans La nuit des morts vivants *: tuer le cerveau, tuer le zombie.*

Lentement, Mo Moon recommença à rire doucement et retira la machette.

Non !

— Viens, Buffy, dit-elle, tandis que la blessure se refermait. Pourquoi nous battre ? Si tu comprenais notre point de vue, tu verrais que nous voulons le meilleur pour nous toutes. Nous désirons élever les femmes...

— Avec vous au pouvoir et des mâles réduits à l'état de crétinoïdes... Merci bien !

Polly et Calli l'encerclèrent pour lui couper la retraite, les bras ouverts, de grands sourires sur leurs jolis minois. Elles n'avaient qu'à se jeter sur elle et lui souffler au visage pour la faire changer d'avis.

Buffy agita la machette d'un air menaçant.

C'est pas vrai ; elles doivent mourir, comme tout le monde ! Elles ont bien une faiblesse ! Ah, si Angel était là !

— Tu pourrais être à nos côtés, dit Calli. Tu ne deviendrais pas immortelle, bien sûr. Mais pense au pouvoir !

Les trois déesses continuèrent à tourner, formant un triangle. La brise était retombée. Si les Moon parvenaient à se rapprocher et à lui souffler dessus, Buffy savait qu'elle serait transformée en légume.

Comme Willow. Comme Alex.

L'idée l'exaspéra.

— Rejoins-nous avant vendredi soir, tenta encore Polly. Avant l'élection de Miss Lycée de Sunnydale. Nous ferons entrer le plus de monde possible dans l'auditorium. Pendant le premier numéro musical, nous fermerons les portes et nous commencerons à souffler. Alors...

Calli se retourna, attrapa les cheveux de sa sœur et tira violemment.

— Apprendras-tu un jour à te taire ? Tu n'es qu'une crétine ! Grande gueule !

— Mes filles, mes filles ! intervint Mo en désignant Buffy. Nous avons du travail !

Buffy chargea avec sa machette, braillant comme un soldat qui monte au combat. Lui ouvrir la tête n'avait pas suffi, mais la couper ? Giles avait mentionné la Méduse.

Mo tendit les mains pour repousser l'attaque et essaya de faire trébucher la Tueuse.

Buffy frappa. Mo essaya de se protéger d'un bras levé. La machette lui trancha le coude et le cou.

Le bras et la tête roulèrent dans la rue.

— Buffy, Buffy… lâcha la tête quand elle s'immobilisa. Tu ne comprends donc pas ?

Les doigts de la main tapotaient tranquillement sur le trottoir. Le corps décapité se pencha, récupéra ses morceaux, les essuya et les remit en place.

Les plaies guérirent aussitôt.

Calli et Polly avaient arrêté de se disputer pour assister à l'attaque ; elles s'approchèrent de nouveau de Buffy.

— Viens, Buffy, dit Mo avec un sourire. Nous avons besoin de toi. Le pouvoir aux femmes !

— Le pouvoir aux femmes ! répétèrent Polly et Calli.

Buffy ne s'était jamais enfuie lors d'un combat. Elle accomplissait une mission, et on ne la menait pas à bien en partant dans la direction opposée.

Mais son esprit lui suggérait que la fuite représentait peut-être la seule solution.

Je ne peux pas les tuer !

Soudain, elle vit le van d'Oz foncer vers elle, les phares déchirant la nuit. Quand Buffy se jeta de côté, le van percuta Polly et Calli, les transformant en déesses Frisbee.

Elles rirent en frappant le sol, puis bondirent sur leurs pieds et coururent vers le van. La portière s'ouvrit.

— Montez, *vite, vite !* cria Oz.

Buffy poussa Alex à l'intérieur et sauta avant de claquer la portière. Le majeur de Calli, resté coincé, fut sectionné net. Il gesticula comme un asticot. Alex le regarda comme s'il s'agissait d'une relique sacrée.

Oz écrasa l'accélérateur.

Quelques instants plus tard, le van filait vers la maison de Buffy.

— C'est passé près, Oz. Trop près ! Alex aurait pu...

— Mais il est vivant, coupa le musicien. Tu as bien fait. Giles m'a appelé après ton départ, m'informant que tu te dirigeais vers le *Grec Hilare* et que tu aurais peut-être besoin de renforts.

Buffy regarda le majeur tombé contre la portière. Il ne bougeait plus. Comment Calli expliquerait-elle son doigt manquant à l'école demain ? Ce serait peut-être comme dans *Le Monde selon Garp*. Les adorateurs des Moon commenceraient à se trancher un doigt.

Un grand frisson secoua les épaules de Buffy.

— Oz, Alex peut-il rester chez toi ? demanda-t-elle quand le van arriva dans sa rue. Peux-tu appeler sa mère et le lui dire ? Elle ne semble pas très au courant de ses déplacements, et j'ai besoin de quelqu'un pour veiller sur lui jusqu'à ce que tout soit terminé.

— Bien sûr, dit Oz.

A son ton, il doutait de l'issue de cette affaire.

— Bien sûr, répéta Alex.

Buffy le serra contre elle et refoula ses larmes.

Willow n'est pas tout à fait une sorcière, songea Buffy en s'engageant dans son allée. *Mais elle a conçu certains sorts pour moi et je les ai laissés dans mon bureau.*

Je peux peut-être trouver une chose utilisable contre les Moon. Les attaques traditionnelles sont inutiles. Si seulement Willow était là pour m'aider.

Elle ouvrit la porte.

Si…

Buffy perçut la tension en entrant. Joyce parlait au téléphone. Elle n'eut pas à se creuser les méninges pour deviner avec qui. Son père.

Elle se dirigea vers la cuisine.

Quelle perte de temps ! Se disputer à mon sujet alors que je vis une situation critique.

— J'ignore où elle est, Hank ! Elle est sortie et… oui, je sais que tu veux lui parler, mais elle est occupée et… attends, attends… Hank, je vais lui demander de te rappeler. Je ne peux rien faire d'autre. Non, j'ignore ce qu'elle compte faire ce week-end. Elle ne l'a pas encore dit. Nous en avons parlé, mais elle n'a pas pris de décision… Hank, pourrais-tu… Hank ?

Buffy entra dans la cuisine.

— Te voilà ! lança sa mère, la main sur le combiné. Tu vas bien ? As-tu trouvé Alex ?

— Oui.

— Il va bien ? J'étais si inquiète !

Buffy hocha la tête, les nerfs à fleur de peau. Dieu savait qu'elle n'avait pas envie de gérer un problème de plus, ce soir-là.

— Peux-tu prendre ton père ? demanda Joyce en lui tendant le téléphone. Il a vraiment besoin de savoir ce que tu comptes…

Buffy explosa.

— Ni l'un ni l'autre ! J'en ai marre ! Vous me traitez comme un pion ! Vous vous écoutez ? Vous vous êtes regardés ? J'ai d'autres problèmes que votre guerre autour de ce week-end ridicule ! Vous avez une idée de ma vie ? Et ce que je dois subir, c'est un conflit matriarche-patriarche…

— Buffy… gémit Joyce.

— Oh, chérie, dit la petite voix de Hank à l'autre bout du fil.

— Hank, je te rappelle, d'accord ? Dans quelques minutes.

Elle raccrocha.

Buffy s'adossa au mur de la cuisine et respira selon le rythme que Giles lui avait appris pour se calmer. Elle se sentait abattue. Tous les aspects de sa vie étaient négatifs.

— Buffy, commença Joyce, doucement, la voix tremblante comme si elle pleurait. Regarde-moi.

— Mes yeux me font mal.

Elle ne voulait pas voir sa mère pleurer.

— Ecoute-moi, alors.

— D'accord.

Sa mère lui caressa les cheveux. Ce geste agréable la détendit.

— Buffy, ton père et moi ne nous rendions pas compte de ce que nous faisions. Nous n'avions pas conscience de toute cette pression. Nous menions notre petite guerre sans en voir les conséquences. Je suis désolée…

Buffy hocha la tête, mais n'ouvrit pas les yeux.

— Chérie ! Tu es ma bouffée d'air frais chaque matin. Tu es plus importante pour moi que ma propre vie, et je ne veux plus jamais te faire subir ça.

Buffy ouvrit lentement les yeux. Elle sourit et serra sa mère dans ses bras.

Oui, pensa-t-elle. *Oui !*

— Merci, maman…

Sa mère lui avait dit des choses très gentilles. Mais elle lui avait également donné le moyen de tuer les Moon.

Elle monta dans sa chambre, appela Giles et Oz et leur apprit les nouvelles.

CHAPITRE XIII

— Tu veux bien me la refaire ? demanda Cordélia à Buffy le vendredi midi. Comment comptes-tu les tuer ?

Mlle Chase n'avait rien avalé. Elle clamait qu'elle n'avait pas faim, mais Buffy savait détecter un jeûne de pré-défilé.

— Tout est question de concentration. Viva l'a dit : pour que les Moon retournent sur l'Olympe, tout le monde doit les oublier en même temps. Ce serait déjà dur à réussir… Mais je ne veux pas les renvoyer chez elles, je veux qu'elles ne reviennent *jamais*.

— Ça signifie deux choses différentes : une pour les filles et une pour la mère, dit Oz, qui avait compris les premières explications de Buffy. On doit aspirer le souffle des filles. Il est l'essence de leur vie.

— Mo Moon, la déesse de la Mémoire, doit oublier sa propre existence, ajouta Buffy. A ce moment-là, elle sera vulnérable.

— Mouais, fit Cordélia. Et tu as trouvé ça comment ?

— Quelque chose est arrivé à Giles dans ma cave, dit Buffy. Et ma mère m'a parlé, la nuit dernière…

— Tu as eu une révélation ! railla Cordélia. Comment aspire-t-on le souffle de deux muses et fait-on oublier quelque chose à la déesse de la Mémoire ?

— Crois-le ou pas, j'ai trouvé, assura Buffy en se penchant sur sa salade de fruits.

Enfin, je crois... J'ai intérêt à avoir trouvé.

Cordélia, Oz et Buffy s'arrêtèrent à l'auditorium pour assister aux derniers préparatifs de l'élection, qui aurait lieu dans moins de huit heures. Anya les y rejoignit après les avoir croisés dans le hall. Elle paraissait dégoûtée.

— Je pensais que tu participerais au concours, lui dit Buffy. Tu n'aimes pas la rhétorique des Moon ? Tu semblais les apprécier, pourtant...

— Des mauviettes ! Tu te souviens du *Grec Hilare*, ce soir-là ? J'ai commencé à leur conseiller plein de méthodes pour se débarrasser des machos. Elles se sont contentées de caqueter comme de vieilles poules tordues. Des mauviettes, je te dis ! Je les ai plantées là. Je préfère mon petit club privé, un seul membre, moi, merci beaucoup. Où est Alex ? Il m'a manqué, ces derniers jours...

— Il est cloîtré à la maison avec un rhume, dit Buffy.

Elle parcourut la grande salle du regard.

Anya s'éloigna.

Les trois Moon orchestraient les opérations de décoration en claquant de leurs doigts de déesses. Sauf Calli, qui ne claquait pas des doigts, puisqu'il lui manquait le majeur. Buffy remarqua néanmoins qu'un moignon commençait à repousser.

Les suivantes n'avaient rien remarqué. Allison, tout sourires, perchée sur une échelle, accrochait des fleurs en papier aux rideaux. Willow tenait l'échelle.

— C'est plutôt pas mal, dut avouer Cordélia.

— Ce sont des muses, souligna Buffy. Un peu ce

qui se fait de mieux en matière d'art… Elles doivent être capables de décorer une salle.

— Certains parents ont refusé de laisser leurs filles participer, dit Cordélia. D'aucuns ont même appelé le maire pour lui demander d'annuler : d'après les rumeurs, une bande de garçons viendra gâcher la fête. Ils n'ont pas intérêt. J'ai acheté un bikini à fleurs pour le voyage à Hawaii, et je n'ai pas envie d'être déçue.

— Avec un peu de chance, le concours se passera sans problème, dit Buffy.

La journée lui apparut interminable. Après les cours, Buffy s'arrêta au centre commercial, puis rentra et essaya de se reposer.

Ce soir-là était le grand soir. Sinon, Sunnydale serait à la merci des Moon.

Sans solution de rechange.

Avant de retourner au lycée à six heures et demie, Buffy appela sa mère à la galerie.

— Salut.

— Salut, chérie. Comment s'est passée ta journée ?

— Pas mal. Je suis navrée de ne pas pouvoir aller au truc de mode avec toi. J'espère que tu n'es pas trop déçue. Parfois, je me dis que c'est la seule chose que je sais faire. Décevoir les gens.

— Jamais ! cria Joyce. Tu ne me déçois jamais.

— J'ai appelé papa et laissé un message. Je me suis excusée. Je lui ai promis de venir avec lui la prochaine fois qu'il louera un chalet.

— C'est bien.

— Je t'aime, maman.

— Je t'aime aussi, ma chérie.

Buffy raccrocha, puis appela Oz pour finaliser le plan.

Le soleil se couchait. Elle se dirigea vers le lycée.

Portant une longue robe émeraude, Cordélia intercepta Buffy devant l'auditorium. Tout autour d'eux, les parents, les grands-parents, les frères et sœurs, les amis et les journalistes s'entassaient, parlant des chances d'être couronnée de leur favorite… ou de la manifestation, sur le trottoir.

— Tu as vu les garçons, devant le lycée ? demanda Cordélia en tirant sur la manche de Buffy. Ils ont des affiches ! « Le pouvoir aux hommes ! », « Interdisez les Moon ! », « Les hommes ont droit au podium ! » Ils vont gâcher la fête. Ils arriveront en plein milieu, histoire de faire un esclandre ! Et avec ma veine, ce sera pendant ma prestation !

— Calme-toi, dit Buffy. Si tu m'aides, tout sera revenu à la normale dans quelques heures.

— Ouais, bien sûr. Mais je dois être sur scène pour le numéro d'ouverture, tu te souviens ? Et j'ai le brassard treize. Je ne peux pas être en retard !

— Je n'aurai pas besoin de toi longtemps, Cordélia. Décompresse.

— Où est Oz ?

— A la piscine, avec Giles. Ils ont leur mission, tu as la tienne. Entre, et prépare-toi ! Rejoins-moi quand le numéro d'ouverture sera terminé. Sans tarder.

Cordélia capitula à regret, se laissant happer par le flot humain qui se pressait dans l'auditorium.

Buffy regarda les protestataires, puis la salle qui allait accueillir les Miss. Les deux feraient les gros titres des journaux locaux le lendemain.

Si Buffy réussissait à empêcher les Moon d'effectuer leur petit tour de *je-souffle-partout-dans-l'audito-rium-et-vous-nous-obéissez-VOUS-NOUS-OBÉISSEZ.*

Dans le cas contraire, personne ne s'intéresserait au résultat de l'élection, aux protestataires, ou même au lever du soleil.

Ils ne s'intéresseront qu'aux désirs de leurs déesses.

Je ne vais pas les laisser faire. Je suis la Tueuse. Je suis la Tueuse. Je suis la Tueuse.

La suggestion l'aida un peu, mais elle se trouvait toujours dans un état de nervosité extrême.

Buffy entra dans l'auditorium, laissant la porte se refermer doucement. Polly et Calli Moon, assises au fond de la salle, vêtues de robes argentées, arboraient des tiares ridicules sur leurs cheveux impeccablement bouclés. Elles auraient dû être avec les autres partici-pantes, en train de se préparer pour le numéro d'ouver-ture, la chanson vantant les mérites de Wayland Software Entreprises.

Elles avaient mieux à faire.

Mo Moon monta sur scène pour souhaiter la bienve-nue aux spectateurs. Elle portait une robe dorée et une veste. Elle remercia tout le monde d'être venu, félicita les représentants de Wayland pour leur générosité et les membres de l'Association des petites entreprises de Sunnydale pour le défilé de mode de l'entracte.

— J'aimerais que quelqu'un aille inviter les mal-heureux garçons qui agitent leurs pancartes dehors, dit-elle enfin. Tant de colère, c'est dommage. D'accord ? (Des applaudissements éclatèrent.) Invitons-les, qu'ils assistent au spectacle. Quand ce sera terminé, s'ils veulent encore se mesurer à nous, laissons-leur le podium. Nous écouterons leurs plaintes sans les inter-rompre. Est-ce équitable, selon vous ?

C'est le plan, pensa Buffy. *Quand les garçons entre-*

*ront, la salle sera pleine. Portes fermées, fenêtres fer-
mées. Pas de renouvellement d'air. Ça favorisera le
grand souffle.*

Calli et Polly se levèrent… Buffy les suivit.

Maman Moon présenta les juges.

La Tueuse se cacha à côté des trophées, pendant que
les garçons entraient, le visage fermé, pancartes au
poing. Ils avaient accepté la proposition, sans en
connaître les détails. Polly leur tenait la porte ouverte.
A ce moment, Calli remarqua la pierre par terre… Une
des gemmes que Buffy avait achetées l'après-midi
avec la totalité de ses économies.

— Oh, dit-elle en tirant sur la manche de Polly.

La porte de l'auditorium se referma avec un petit
clic. Les garçons à l'intérieur, les sœurs Moon regardèrent avec extase les gemmes brillantes.

Calli et Polly commencèrent à ramasser les pierres.

Buffy se précipita dans le couloir, semant des pierres
semi-précieuses pour former une piste à laquelle les
sœurs ne pourraient pas résister. Calli et Polly étaient
rapides. Cordélia craignait que Mo Moon ne s'inquiète
si ses filles ne revenaient pas pour le numéro d'ouverture… Buffy se montrait sûre du contraire. Mo penserait que ses chéries attiraient quelques victimes
supplémentaires dans leurs filets.

De plus, l'élection ne représentait pas leur objectif
principal.

Leur but, c'était la domination de la race humaine.

Buffy lâcha quelques pierres dans l'escalier qui
menait à la piscine. Elle ouvrit la porte et en lança de
nouvelles sur le carrelage et dans le bassin. Elle fit le
tour des chaises en plastique utilisées par les juges
pendant les compétitions, et se cacha près d'Oz et de
Giles.

— Elles arrivent ? demanda l'Observateur dans un murmure.

— Oui… Vous avez réussi ?

— J'ai fermé la pompe et j'ai frappé le couvercle avec une brique. Enfin, aussi bien que je le pouvais sous l'eau. Puis je l'ai remise en marche.

— Bien, dit Buffy.

Son cœur battait la chamade. Elle toucha les mains d'Oz et de Giles pour se porter chance.

Le musicien tenait l'extrémité d'un câble qui courait sur le sol et plongeait dans l'eau.

La porte s'ouvrit.

— Encore ! s'enthousiasma Polly.

Echevelées, Calli et elle poussaient de petits cris de ravissement en ramassant leurs trésors. Les tiares ne tenaient plus sur leur tête que grâce à quelques épingles à cheveux.

Elles se relevèrent et regardèrent dans la piscine, où se trouvait la plus grande tentation : quatre colliers de gemmes… Des rubis, des émeraudes, des saphirs, des améthystes, des topazes et des diamants, tous placés sur le couvercle du siphon de drainage.

Des appâts dignes de déesses.

Par cupidité, les gens commettent toutes sortes de folies. Des divinités mineures peuvent même plonger dans une piscine avec leur robe et leur tiare.

Pour plonger, elles plongèrent ! Pas exactement dans les règles de l'art, les muses n'étant pas des nageuses entraînées, mais elles se déplaçaient assez facilement dans l'eau pour parcourir les trois mètres les séparant des objets de leurs désirs.

Buffy courut au bord du bassin, une main levée pour donner le signal. Les sœurs Moon pêchaient les pierres frénétiquement.

Oz avait attaché les colliers au couvercle du siphon, qu'il avait préalablement brisé avec une brique.

Il avait attaché l'extrémité de son câble au couvercle, prêt à tirer.

Calli et Polly perdaient patience. Leurs jambes battaient follement pour demeurer au fond de la piscine.

Leurs visages passèrent au-dessus du siphon.

— *Maintenant !* cria Buffy.

Oz tira sur le câble. Buffy l'entendit tomber à la renverse sur les chaises en plastique.

Il lui sembla que le couvercle implosait. L'instant suivant, le visage des sœurs Moon fut aspiré par le siphon. Elles remuèrent les bras et les jambes, incapables de se dégager pendant que le siphon aspirait leur souffle.

— Ça marche ? demanda Oz, se précipitant avec une grosse épuisette.

Giles était à côté de lui, de la buée sur les lunettes.

— Oui, je suppose.

Il essuya ses lunettes.

— C'est assez dur, n'est-ce pas ?

— Oui, dit Buffy. C'est sûr…

Les Moon luttaient contre l'asphyxie. Elles agitaient leurs membres de toutes leurs forces, grattaient le sol, se griffaient, essayant de se libérer coûte que coûte.

Puis leurs mouvements se firent plus lents. De plus en plus lents. Enfin, ils s'interrompirent. Leurs bouches toujours collées au siphon, les corps sans vie des muses s'immobilisèrent.

— Coupe la pompe, dit Buffy en prenant l'épuisette. Elles sont mortes.

— C'est bon ! fit Oz. Et de deux ! Il n'en reste plus qu'une.

Cordélia réussit à rejoindre le hall dans les temps. L'air furieux, elle rappela qu'elle risquait d'être en retard pour son numéro.

— Willow est la suivante, avec sa démonstration d'informatique. Puis Allison nous cuira quelque chose, probablement au micro-ondes, Ashley jouera un air de flûte et je passerai juste après. Alors, que dois-je faire ? Vite !

Buffy lui tendit les tiares des sœurs Moon.

— Apporte-les en coulisses et donne-les à maman Moon. Dis-lui que je l'attends dehors. Il y a quelque chose qu'elle doit voir de ses propres yeux.

— C'est tout ?

— Tu veux broder ?

— Non, bien sûr que non, mais c'est léger…

— Fais-le, Cordélia !

Cordy poussa un soupir exaspéré, prit les tiares et entra dans l'auditorium.

Une pianiste jouait. Buffy attendit, se concentrant sur la tâche à venir. Polly et Calli étaient mortes. L'*inspiration* leur avait été volée.

Elles n'existaient plus.

Maman Moon serait le gros morceau. Buffy pensait que sa théorie était bonne. Dans le cas contraire, elle aurait le temps de le regretter.

Beaucoup !

La porte de l'auditorium s'ouvrit. Mo Moon fusilla Buffy du regard, les tiares à la main.

— Où sont mes filles ?

— N'aimerais-tu pas le savoir ?

— Je vais faire simple, dit Mo en s'approchant. Assez simple pour que tu comprennes. Si tu ne me conduis pas à mes filles *tout de suite,* je te tue.

Buffy recula d'un pas.

— Si tu me tues, tu ne sauras jamais où sont Calli et Polly. C'est assez simple pour que *tu* comprennes ?

— Tu joues avec moi, espèce de… d'humaine ?

— C'est à ça que je suis la meilleure !

— Je croyais que tu avais compris à qui tu avais affaire. Pourtant, tu as toujours l'impression de pouvoir empêcher l'avènement de l'ordre nouveau ? Ce serait triste, si ce n'était pas si comique.

Elle voulut frapper Buffy, mais la Tueuse bondit hors de sa portée.

— Continue ! Attrape-moi et tue-moi si tu peux, Mnémosyne. Tu ne trouveras ni Calliope, ni Polymnie !

— Oh, mais si ! Tu me sous-estimes ! Nous ne mourrons pas, mais toi, si ! Et je peux être terrible. Quand tu seras hors de mon chemin, je trouverai la minable cachette où tu retiens mes filles et nous rirons de toi !

— Vous soufflerez sur toutes les âmes de l'auditorium ?

— C'est pour ça que nous sommes là.

— Mais vous n'y serez pas longtemps !

Mo grogna, ressemblant un instant à un vampire. Buffy la gifla, puis s'enfuit vers la bibliothèque.

— Attrape-moi si tu peux, déesse de la Mémoire ! cria-t-elle. Ou as-tu déjà oublié que je suis plus rapide que toi ?

Elle entendit Mo se lancer à sa poursuite. Elle se révélait plus véloce que prévu.

Elle s'est peut-être entraînée avec Mercure. Enfin, Hermès…

Si elle rattrapait Buffy avant la bibliothèque…

La Tueuse se cogna contre la porte et l'ouvrit.

— Oz ! Giles ! Nous sommes là !

Une main l'attrapa par le col et l'écarta de la porte.

Buffy percuta le mur du couloir, mais se força à se

relever pour faire face à la déesse. Le charmant super-viseur des bibliothèques avait perdu un peu de sa beauté. A vrai dire, elle ressemblait plus à la Méduse qu'à une divine inspiration...

— Crève, mortelle !

Elle plongea sur la Tueuse, l'attrapant par le cou comme si elle voulait le briser en deux.

Buffy lui enfonça son coude dans les côtes, mais la déesse ne sentit rien.

Invincible jusqu'au bout !

Buffy se débattit, tirant de toutes ses forces jusqu'à ce qu'elle réussisse à dégager sa tête. Elle bondit, flan-qua un coup de pied à la déesse pour faire bonne mesure et entra dans la bibliothèque.

Elle s'arrêta net au pied des marches.

Mo Moon s'arrêta aussi.

L'expression de la déesse passa de la colère à l'in-crédulité.

— On les a trouvées ! dit Buffy.

Calli et Polly étaient attachées aux étagères, sur la mezzanine. Leurs robes trempées et les yeux vitreux...

— Mais nous avions oublié de vous dire quelque chose, annonça Giles.

— Elles sont mortes, ajouta Oz, debout à côté de Giles.

Mo en resta bouche bée. Ses yeux s'écarquillèrent.

Pour la première fois, la déesse de la Mémoire oublia sa propre existence. La douleur de voir ses enfants mortes était trop violente pour elle.

Elle tomba à genoux, sans quitter ses filles des yeux.

Puis elle leva les mains et hurla.

Un mélange de cris et de pleurs, qui s'éleva dans les airs comme les esprits des damnés.

— Apollon ! Zeus ! Non !

Elle se recroquevilla, le visage enfoui entre ses mains. Profitant du moment de vulnérabilité, Buffy tira un pieu de sa poche et frappa la déesse dans le dos.

Maman Moon s'écroula, s'étouffa avec son sang et mourut.

Buffy la regarda. Elle n'était plus qu'une mère morte. Une mère qui avait vu périr ses enfants bien-aimées…

Les trois corps disparurent sans laisser de traces.

— Ça a marché, dit Oz.

— Ouais, fit Buffy. Plutôt bien.

Elle entendit un cri de joie au-dehors.

Le visage de Viva était collé à la baie vitrée de la bibliothèque. La Tueuse frissonna. En débarrassant Sunnydale des Moon, elle avait également sauvé les vampires.

Où se situait la justice ?

— Alors, a-t-on attiré sur nos têtes les foudres des dieux et des déesses de l'Olympe ? demanda Oz.

— J'ai l'impression que Mo, Calli et Polly étaient en froid avec Zeus et sa bande, déclara Buffy. Des pommes pourries. Mais qui peut le dire ?

— Qui, en effet ? renchérit Giles.

— On va voir la fin de l'élection ? proposa Oz. J'ai parié deux dollars sur Ashley Malcolm.

— On y va, dit Buffy. Je suis sûre que l'air y est plus frais qu'ici.

Ensemble, ils sortirent de la bibliothèque.

Le *Bronze* se remplissait à mesure que l'auditorium se vidait. Buffy, Cordélia, Oz et Willow restèrent devant la porte et se racontèrent les événements de la soirée. Tous ceux qui avaient été affectés par les Moon semblaient être revenus à la normale sans se souvenir de ce qu'ils avaient subi ces dernières semaines.

— Je suis vraiment heureuse qu'Allison ait gagné la couronne, dit Willow, qui serrait la main d'Oz comme si elle ne voulait pas la lâcher. Elle est jolie comme un cœur, nous ne l'avions jamais remarqué. Et en plus, elle cuisine comme un chef ! Je suis sûre que son père sera content. Elle va partir à Hawaii !

Cordélia s'empourpra. Sa lèvre supérieure frémit.

— Allison a gagné. Et je suis première dauphine. C'est nul ! Les juges sont ineptes !

— Cordélia, tu as un très joli prix, lui rappela Willow. Une encyclopédie !

Cordy leva les yeux au ciel et s'engouffra dans le *Bronze*.

Oz et Willow la suivirent. Buffy attendit que tout le monde soit entré.

Elle regarda la lune.

— Brian Andrews, j'espère que tu es en paix, à présent. Nous avons fait de notre mieux. Et nous continuerons. Nous le devons. C'est notre nature.

— Et les vampires aussi doivent continuer, ajouta la voix de Viva. C'est notre nature. Tu nous as rendu à toutes deux un grand service, Tueuse.

— Ouais, je suppose.

— Mais ne crois pas que je te doive quelque chose.

— Je ne le crois pas.

— Et ne pense pas que je ne te tuerai pas un jour…

Buffy sortit un pieu et le lança.

La vampire disparut dans un nuage de poussière.

— Tu l'as dit, bouffie ! lâcha la Tueuse.

Elle se retourna pour entrer au *Bronze*.

Un homme se campa devant elle.

Buffy plongea la main dans son sac, puis sourit.

— Angel… Salut. Alors, et cette grotte ?

— De mauvaises nouvelles en perspective. Je vais te raconter.

Buffy passa un bras autour de sa taille et posa la tête sur son épaule.

Ils tournèrent le dos au brouhaha du *Bronze* pour savourer le calme de la nuit.

Et peut-être, une heure ou deux de paix.

ÉPILOGUE

— Où sont nos clients ? demanda Radello Gianakous à sa fille en regardant par la vitrine de son restaurant. Si je me souviens bien, les affaires tournaient, nous avions du monde, des gens joyeux qui chantaient… Enfin, je crois.

Allison regarda son trophée de Miss Lycée de Sunnydale, rangé sur l'étagère à côté de la vaisselle. Ce n'était pas de l'art grec, mais il faisait très bon effet.

— Je ne suis pas sûre que nous ayons une grosse recette, dit-elle. Le garde-manger est plein. Mais nous avons servi beaucoup d'eau. Il y a des tonnes de verres sales dans la cuisine.

M. Gianakous lâcha un long soupir.

— Aucune importance, continua Allison en nouant un tablier blanc autour de sa taille. Nous avons un vrai cuisinier, à présent ! Moi ! Et attends de voir les plats que je préparerai. Nous allons organiser une nouvelle inauguration et repartir de zéro. Qu'en penses-tu ?

Radello s'assit à la table, face aux Olympiens nus.

— Les femmes ne sont pas les meilleures cuisinières, dit-il. Dans ma famille, les chefs étaient des hommes.

— Ça n'a pas d'importance, papa ! Vraiment. Je veux le faire, et tu vas m'y autoriser, n'est-ce pas ?

L'homme fit la grimace.

— Je suis *Miss Lycée de Sunnydale*, rappela Allison. Maman penserait que ça signifie que j'ai grandi.

M. Gianakous haussa les épaules.

— Je devrais prier pour obtenir de l'aide. Peut-être même en appeler aux anciens dieux de notre pays…

Quelque chose troubla Allison, une vague sensation qui lui fit battre le cœur un peu plus vite.

— Non, papa ! Nous nous en sortirons mieux seuls.

— Tu es sûre ? J'ai toujours aimé l'idée que le puissant Mars apportait son soutien aux plus faibles…

— Mars est romain, corrigea Allison. Arès est grec.

— Oh…

La jeune fille prit son père par le bras et le tira vers la cuisine.

— Oublie les dieux ! Je vais te montrer ce que j'ai appris. Ce sera amusant. Une chose que nous ferons entre père et fille…

Radello s'arrêta, les larmes aux yeux.

— Tu es une jeune femme superbe. Ta mère serait fière.

Pour une fois, au lieu de contredire son père, Allison se contenta de sourire et de le serrer dans ses bras.

Il avait raison. Il avait cent fois raison.

Semic Sang pour sang !

Buffy est de retour dans les librairies !

Buffy contre les Vampires #2 • 100 pages • 59 francs

Dépôt légal : mars 2001
N° d'impression : 6038